共和国故事

海上大道

——杭州湾跨海大桥开工建设

张学亮 编写

吉林出版集团股份有限公司

图书在版编目（CIP）数据

海上大道：杭州湾跨海大桥开工建设/张学亮编. —长春：吉林出版集团股份有限公司，2009.12

（共和国故事）

ISBN 978-7-5463-1857-8

Ⅰ．①海… Ⅱ．①张… Ⅲ．①纪实文学－中国－当代 Ⅳ．①I25

中国版本图书馆 CIP 数据核字（2009）第 237696 号

海上大道——杭州湾跨海大桥开工建设
HAI SHANG DADAO　　HANGZHOUWAN KUAHAI DAQIAO KAIGONG JIANSHE

编写　张学亮

责任编辑　祖航　李娇

出版发行　吉林出版集团股份有限公司

印刷　三河市嵩川印刷有限公司

版次	2010年1月第1版	2022年1月第10次印刷
开本	710mm×1000mm　1/16	印张　8　字数　69千
书号	ISBN 978-7-5463-1857-8	定价　29.80元

社址　吉林省长春市福祉大路5788号

电话　0431-81629968

电子邮箱　tuzi8818@126.com

版权所有　翻印必究

如有印装质量问题，请寄本社退换

前　言

自1949年10月1日中华人民共和国成立至今,新中国已走过了60年的风雨历程。历史是一面镜子,我们可以从多视角、多侧面对其进行解读。然而有一点是可以肯定的,那就是,半个多世纪以来,在中国共产党的领导下,中国的政治、经济、军事、外交、文化、教育、科技、社会、民生等领域,都发生了深刻的变化,中国人民站起来了,中华民族已屹立于世界民族之林。

60年是短暂的,但这60年带给中国的却是极不平凡的。60年的神州大地经历了沧桑巨变。从开国大典到60年国庆盛典,从经济战线上的三大战役到经济总量居世界第三位,从对农业、手工业、资本主义工商业的三大改造到社会主义市场经济体制的基本确立,从宜将剩勇追穷寇到建立了强大的国防军,从废除一切不平等条约到独立自主的和平外交政策,从"双百"方针到体制改革后的文化事业欣欣向荣,从扫除文盲到实施科教兴国战略建设新型国家,从翻身解放到实现小康社会,凡此种种,中国人民在每个领域无不留下发展的足迹,写就不朽的诗篇。

60年的时间在历史的长河中可谓沧海一粟。其间究竟发生了些什么,怎样发生的,过程怎样,结果如何,却非人人都清楚知道的。对此,亲身经历者或可鲜活如昨,但对后来者来说却可能只是一个概念,对某段历史的记忆影像或不存在,或是模糊的。基于此,为了让年轻人,特别是青少年永远铭记共和国这段不朽的历史,我们推出了这套《共和国故事》。

《共和国故事》虽为故事,但却与戏说无关,我们不过是想借助通俗、富于感染力的文字记录这段历史。在丛书的谋篇布局上,我们尽量选取各个时代具有代表性或深具普遍意义的若干事件加以叙述,使其能反映共和国发展的全景和脉络。为了使题目的设置不至于因大而空,我们着眼于每一重大历史事件的缘起、过程、结局、时间、地点、人物等,抓住点滴和些许小事,力求通透。

历史是复杂的,事态的发展因素也是多方面的。由于叙述者的视角、文化构成不同,对事件的认知或有不足,但这不会影响我们对整个历史事件的判断和思考,至于它能否清晰地表达出我们编辑这套书的本意,那只能交给读者去评判了。

这套丛书可谓是一部书写红色记忆的读物,它对于了解共和国的历史、中国共产党的英明领导和中国人民的伟大实践都是不可或缺的。同时,这套丛书又是一套普及性读物,既针对重点阅读人群,也适宜在全民中推广。相信它必将在我国开展的全民阅读活动中发挥大的作用,成为装备中小学图书馆、农家书屋、社区书屋、机关及企事业单位职工图书室、连队图书室等的重点选择对象。

编 者

2010 年 1 月

目录

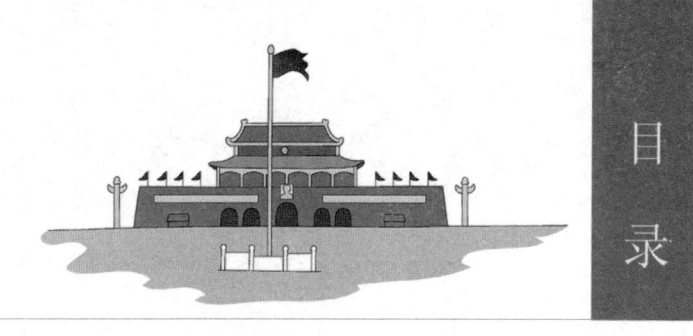

一、中央决策与落实行动

宁波市筹建杭州湾交通通道/002

组织召开三次大桥研讨会议/007

国务院办公会通过建桥项目/013

任命王勇为跨海大桥总指挥/019

二、设计审定与统一意见

指挥部组织进行大桥设计/024

指挥部征集桥型优化方案/031

国家计委上报总理办公室/036

指挥部进行大桥工程招标/041

三、大桥奠基与施工建设

举行大桥开工新闻发布会/046

举行大桥开工奠基典礼/054

打下跨海大桥第一根钢管/061

林国雄进行大桥优化设计/067

大桥发展公司召开股东会/073

绍兴大桥再次引起风波/080

杭州湾大桥开始桥梁架设/088

目录

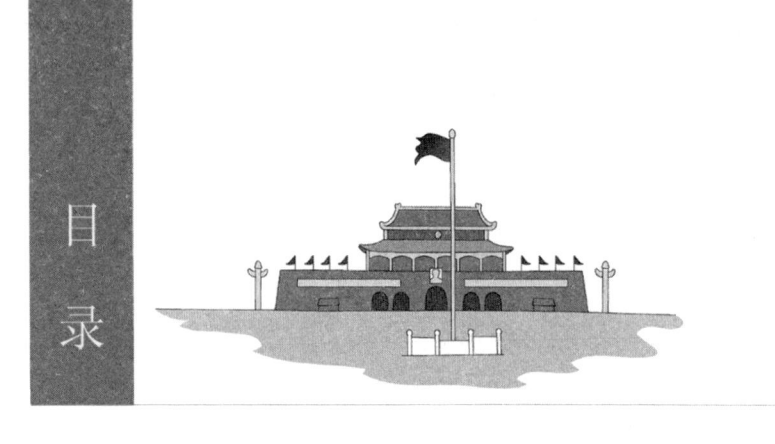

杭州湾大桥战胜台风/095

四、大桥贯通与验收通车

举行大桥全线贯通仪式/104

杭州湾跨海大桥正式通车/110

媒体、市民关注杭州湾大桥/114

一、中央决策与落实行动

- 大家一致认为："建设杭州湾跨海大桥具有跨世纪的战略意义！有其特定的重要性、必要性与紧迫性！"

- 于光远在会上做了重要发言："我非常赞成宁波市决定兴建杭州湾交通通道工程。不是一般赞成，而是非常赞成。"

宁波市筹建杭州湾交通通道

1990年4月18日，党中央、国务院向国内外宣布了开发、开放上海浦东新区的重大决定。

1992年6月26日至29日，国务院在北京召开长江三角洲及沿江地区经济发展规划会议。其中在公路建设方面，国务院首次提出要重点建设三条北通道和两条南通道，其中一条南通道就是上海——宁波——福州——汕头——深圳沿海干线公路。

1992年10月，在中共第十四次全国代表大会上，中央又进一步提出：

> 以上海浦东开发开放为龙头，进一步开放长江沿岸城市，尽快把上海建成国际经济、金融、贸易中心之一，带动长江三角洲和整个长江流域地区经济的新飞跃。

宁波人听到这个消息之后，马上就行动起来，大家都意识到：机不可失，时不再来！

1994年2月17日，宁波市政协委员徐观清在宁波市政协十届二次会议上，向大会提交了"关于拟建宁波至上海跨越钱塘江（杭州湾）大桥的建议"提案，其中明确建议"杭州湾大桥桥址可选择在慈溪庵东至平湖乍浦西端"。

1994年2月18日，在宁波市人大十届二次会议期间，钱国本等10余位慈溪人大代表向大会提交了关于"杭州湾大桥选址问题"的议案，议案中第一次提出要跨海建桥直通上海的构想，并选好了桥址，就在慈溪庵东镇西三一带。

慈溪代表团团长、当时的慈溪市委书记汤黎路向主席团领导分别做了重点汇报。

与此同时，宁波市政协副主席朱尔梅率领一批政协委员冒着凛冽的寒风前去慈溪海上实地考察。

早在20世纪50年代，就有一位杭州湾基础资料搜集先行者，他叫傅涌廷，当时他在浙江省供销社做采购工作。慈溪产棉花，嘉兴产蚕丝，所以傅涌廷经常往返于两地。

慈溪、嘉兴南北两岸隔海相望，直线距离不过50公里，但是傅涌廷开着机动三轮车，一大早从慈溪出发，到嘉兴时通常已过了吃晚饭的时间。

1984年，傅涌廷调到慈溪经委工作，经常接待外宾考察。当时从上海到慈溪，无论从陆路经329国道绕道杭嘉，还是走海路经宁波转道上海，都要费时10小时以上。

有一次，几名意大利客商到慈溪来，接到客人后，傅涌廷首先听到的是抱怨："我从罗马到上海只需要12个小时，从上海到慈溪竟然也花了12个小时。"最后生意当然没能谈成。

傅涌廷当时想："如果有座桥就好了。"

1986年，傅涌廷被调到慈溪市计委当主任。第二年，市领导交给他一个任务：想个法子，缩短与上海的距离。

傅涌廷马上组织考察，他亲自坐着小船，花了两天时间，到对岸的嘉兴乍浦和上海金山仔细地查看了一遍。

傅涌廷想到，架桥远水解不了近渴，还是要想船的法子。

但傅涌廷他们又想到，南岸有十多公里滩涂，潮来淹没，潮落显露，常规的定期航班肯定不行。

大家想到了气垫船，这种船可以水陆两用，非常适合。

1990年，50座气垫船开通了，从慈溪的庵东到达嘉兴乍浦只要45分钟到1个小时。但还是不方便，先要坐车到码头，再坐船到对岸，再弃船坐车去上海，有时候碰到刮大风，船开不了，到了岸边只好又折返回去。长久之计还是要造桥。

1994年，宁波市决定研究建杭州湾通道的可行性，便在市计委、市交委和慈溪市抽调力量研究此事。

傅涌廷此时虽然已经退休，但他还是爽快地答应负责慈溪工作组工作，以实现自己的心愿，为家乡人民造福。

从那时起,这里的每一条小路、每一处河道,都留下了傅涌廷的身影。他把两岸的地形、地貌基本熟悉了,掌握了北岸社会经济发展情况,对海水特性也有了一定了解。

十多年来,国内外专家来了700余位,傅涌廷接触过的就达300余位。

这不是简单的迎来送往,在专家来之前,傅涌廷要做大量的准备工作:来时,得陪他们过滩涂、上海面,做他们的向导,配合他们工作;而专家回去之后,傅涌廷又得连日整理大量的资料上报领导。

这些年来,傅涌廷的头发更白了,眼更花了,腰背更痛了,然而这位杭州湾跨海大桥名副其实的参与者和见证人从未有过半句怨言。

1987年时,卢军是宁波市计委综合处的一名副处长,有一次,他接待了一名来宁波考察的日本客商。当时从上海到宁波只有一趟快车,头天21时发车,第二天8时到宁波,而且还没有软座。

这名日商到了宁波后,对卢军说:"这趟车9时就回上海,我不下车了,待会儿坐车回去,宁波的投资环境我已经考察过了。"因为路远,一笔投资泡了汤。

搞宏观经济研究的卢军开始反思,中央当时对宁波的扶持力度相当大,为什么招商引资比不过苏州等城市呢?

根据卢军了解到的数据，20 世纪 90 年代初，到宁波落户的外企只有苏州的四分之一。其实其他条件都差不多，只不过宁波有一个弱点，就是距上海太远。

特别是后来有一个新加坡客商在考察了宁波后，最后还是选择在苏州建工业园区的事情，给卢军触动很大。必须想办法拉近与上海的距离，才能融入以上海为中心的世界级特大型国际都市圈。

1992 年春节之后，卢军花了两个多月时间到杭州湾沿岸调研，对比了珠江三角洲和环渤海地区，完成了《建设宁波——上海杭州湾交通通道重要性、必要性、紧迫性》这篇论文。

当时有人认为卢军的想法是天方夜谭，但是两年之后，宁波人就在架设通道方面达成了共识。

1994 年，宁波成立了杭州湾大桥前期工作领导小组。数月后，宁波市政府开始委托上海林同炎、李国豪土建工程咨询公司开展杭州湾交通通道项目预可行性研究，并于 1996 年 3 月提交了研究报告。

建设杭州湾跨海大桥这件大事，被正式提上了宁波市党政领导的议事日程。

组织召开三次大桥研讨会议

1994年9月，宁波市计委在上海组织了第一次关于大桥建设的研讨会。

当时宁波市领导想到，宁波要造大桥，首先应该获得上海的支持，所以选择上海作为这次研讨会的召开地点。

宁波市计委委托市科协出面组织这次大会。宁波市科协请上海市科协出面，组织了30多个人，都是国家级桥梁专家和权威人士。

当时的上海人也意识到，建造大桥对他们有三大好处：

第一，上海市的致命弱点是缺少深水良港。

第二，从浦东三面环海形似半岛的地理位置来看，打通南北交通要道十分必要。

第三，它将有利于长江三角洲地区的经济形成，从空间上、时间上增强整个地区的开发开放。

因此，这次会议开得很成功，与会人员就大桥建设一事达成共识：

应该造杭州湾跨海大桥。

不过上海方面明确提出："希望你们这座大桥放在浙江省内搞，不要将桥位放在上海，因为从规划上说，我们没有桥位。"

他们建议大桥可以接上海的第六环城线。

1994年10月19日，在浙江省的省会杭州召开第二次大桥建设研讨会。

出席这次会议的专家、学者及有关领导共16个人，他们当中有许多是我国著名的或有影响的桥梁、河口、海洋、水文、地质、交通、测绘等方面的专家、教授。

中国科学院、中国工程院院士李国豪、苏纪兰教授也应邀参加了研讨会。

张蔚文市长在会上做中心发言，他将建造大桥的重要性、必要性、可行性阐述得很清楚，与会许多代表都点头表示赞同。

浙江省副省长张启楣代表省人民政府到会祝贺并讲话，他的讲话很简短，将省政府的态度归纳为8个字：

着力关注，十分支持。

这也是浙江省领导第一次在公开场合对大桥建设表明态度。

在会上，许多人对大桥建造发表了不同的意见。

绍兴方面的想法是：大桥是要造的，关键是将桥位选在什么地方。为什么要选在宁波？

嘉兴人也说：将大桥的桥位放在乍浦，那乍浦港会不会受到影响呢？

另外，有人提出忧虑："在杭州湾造这么大的桥，对钱塘江大潮是不是会产生影响？"

更有人马上说："修桥的大量资金从哪里来呢？"

张蔚文在会议上多次发言，他与大家一起讨论，说："对钱塘江大潮的影响可以找专家论证，至于资金问题，我感觉问题不大，我们可以自己建，不要国家出一分钱。"

1995年10月，宁波市为了扩大建桥的影响，将大桥修建研讨会开到了北京。会议委托中国科协组织召开，地点就在亚运村的五洲大酒店。

因为有一次，上海市领导听说了要建造大桥这件事，他见到宁波市的领导后很不高兴地说："你们宁波要造跨海大桥，这么大的事怎么不跟我们说？"

所以这一次做得声势很大，而且请来的代表比前两次会议也都要多。

其中主要有在京的国家有关部门领导，来自北京、上海、浙江、宁波的经济、交通、海洋、建筑、地质、港口和桥梁等领域的专家学者。

另外，还有国家科协及浙江省、市科协的领导，再加上北京、上海、宁波等地的新闻记者共160人。

中国科学院和中国工程院于光远、孙尚清、钱永昌等10余位院士也都参加了会议。

会上，王启东代表浙江省科协表明了态度，吕国荣代表宁波市做了汇报。

接下来两天，大家都进行了讨论，有21位专家先后在大会上发了言，还有30余位专家递交了书面建议。

大家一致认为：

> 建设杭州湾跨海大桥具有跨世纪的战略意义！有其特定的重要性、必要性与紧迫性！

大家认为，杭州湾位于中国改革开放最具活力、经济最发达的长江三角洲地区。建设杭州湾跨海大桥，对于整个地区的经济、社会发展都具有深远的、重大的战略意义。

杭州湾跨海大桥的重要性与紧迫性在于：

一、直接促进宁波、嘉兴经济社会的发展，带动周边地区杭州、绍兴、台州、舟山、温州等地的发展，并对全省乃至长江三角洲南翼地区的整体发展产生积极影响。据统计，杭州、宁波、温州、绍兴、台州五市的GDP占全省的70%以上，工程建设将使这些地区的发展如虎添翼，为区域经济、社会的进一步腾飞注入新的活力，为全省整体综合实力的提高发挥更大作用。大桥工程尚未全面开工，杭州湾两岸的慈溪市、余姚市、嘉兴的海盐县已涌动"大桥经济"。在对新区科学规划的基础上，首期开发已呈现轰轰烈烈的场面，投资商已在这里纷纷落户。

二、主动接轨上海扩大开放，推动长江三角洲地区合作与交流，进一步提升宁波市的综合竞争力和国际竞争力。上海作为全国最大的经济中心城市，是中国走向国际化的重要平台。在新世纪新阶段，宁波要建设现代化的国际港口城市，实现经济的大发展、大跨越，就必须接轨大上海，融入长三角，走向国际化。大桥的建设，将大大缩短浙东南沿海与上海之间的时空距离，使宁波市可在更大范围、更高层次、以更优越的区位地理优势，融入国际大都市经济圈。这对于辐射宁波市广大腹地，优化提升产业结构，改善投资和发展环境，吸引外资，提高宁波市综合竞争力，具有十分深远的积极作用。杭州湾跨海大桥工程建设，将为优化发展环境，进一步吸引和利用外资，创造更为优越的条件。

三、有利于推进城市化发展战略。大桥建设将进一步密切嘉兴、宁波、绍兴、台州等城市的联系，促进杭州湾城市连绵带和沿海对外开放扇面的形成，从而将这一区域提升为以上海为龙头的、具有国际竞争力的都市群的最重要组成部分。同时，大桥建设对周边县、市的城市化发展也将产生深远影响，慈溪、海盐等地瞄准这一千载难逢的战略机遇，已有科学的规划设想，大力吸引人口、产业的集聚，促进新区新城的崛起。

四、作为中国沿海大通道中的第一座跨海大桥，突破了杭州湾的瓶颈，优化了国道主干线的路网布局，改变了宁波交通末端状况，有利于实施环杭州湾区域发展战略网，大大提升了宁波这一极具发展潜力的经济中心城市的竞争力。大桥建设也有利于支持上海国际航运中心建设，促进宁波、舟山深水良港资源的整合开发和利用，有利于旅游业的发展和国防建设，有利于缓解杭州过境公路交通的压力。

北京会议取得了极大的成功！

1996年4月18日，中国科协在《科技工作者建议》上刊登了《关于建设杭州湾交通通道的建议》。

然后，他们又以"杭州湾通道预可行性研究北京研讨会全体专家"的名义，上报中共中央、国务院等有关部门，供领导决策参考。

国务院办公会通过建桥项目

1999年10月18日，宁波按惯例举办这年的服装节，全国各地来了很多客人，甚至还有一位全国政协的副主席。

晚上，宁波市委、市政府在新芝宾馆宴请全国政协的领导，时任浙江省委书记张德江、省长柴松岳都在席间作陪。

酒过三巡之后，宁波市政协主席叶承垣向张德江和柴松岳敬酒。

叶承垣乘机对张德江和柴松岳说："1994年以来，宁波、绍兴分别提出了在杭州湾建设通道的方案，从需要和可能看，这两个方案都需要，但又不可能同步进行。我认为，从21世纪浙江发展前景高度和长三角发展战略看，应该先行建设杭州湾乍浦通道。理由是：第一，这是实施我省经济发展战略的迫切需要。发展大交通，建设大浙江，进一步开发利用宁波、舟山等地的深水港资源是我省经济发展战略的重要组成部分。"

听到这里，张德江微微点了点头。

张德江并没说话，继续听叶承垣讲下去。

叶承垣接着说："第二，优先发展建设乍浦通道，符合党中央、国务院关于建设同三线大交通建设中心城市节点相连的原则。第三，乍浦通道既符合国务院确定的同三线国道节点建设的原则，也兼顾到沽渚通道的需要。第四，乍浦通道工程自身经济效益十分可观。"

大家都听得入了神，一时忘了喝酒。张德江及时地站起来给客人们敬酒，也给叶承垣满了一杯。

张德江幽默地对叶承垣说："老叶，你的话我都听进去了，你问老柴，我们都是很重视这个问题的，一定会从全局和战略高度权衡利弊，选择最佳方案，放心吧，你就不要再狂轰滥炸了。"

第二天，叶承垣立即将意见写成书面材料，以最快的速度寄给了张德江。

10月25日，信刚寄出三天，张德江就收到了，他立即让秘书电话通知宁波市委、市政府，要他们以宁波市委、市政府的名义"就杭州湾通道建设问题行文省委、省政府"。

11月9日，宁波市委、市政府向省委、省政府上报"关于要求建设杭州湾乍浦通道的报告"。

11月19日，张德江在报告上作出批示：

转省计委。"十五"计划应考虑此项目。

2000年3月18日至19日，宁波市召开关于"杭州湾交通通道工程预可行性研究报告"评审会，地点在宁波的南苑饭店。

当时，他们请来了国际著名的经济学家于光远先生。于光远是抱病由家人和秘书陪同，坐着轮椅来的。

于光远在会上做了重要发言：

一、我非常赞成宁波市决定兴建杭州湾交通通道工程。不是一般赞成，而是非常赞成。

二、这个工程对宁波市、浙江省、对我国沿海各省、市，乃至全国，都有很重大的意义。

三、不仅有长远的意义，就是近期，也可以收到很好的效益。

四、这个杭州湾交通通道工程预可行性研究报告已经基本完成，这次会议是请专家们再做一次论证。

五、我不是工程专家，我不想对这个报告本身发表意见，但是可以有一个思想的倾向，那就是我接受中交公路规划设计院推荐的方案，即南起慈溪的庵东，北至嘉兴的乍浦。因为这个工程起点在宁波区域内进行，所以会有更多的便利。

六、这次会议是一个专家的会议，方案定下之后，还要开各地区主管人的会议。这项工程的举办主要是宁波市的积极性。宁波市要与全省各市包括：嘉兴、台州、温州、金华、丽水和衢州等搞好联盟，当仁不让地做好盟主。

七、由于这个工程直接影响到江苏和更远一点的山东、河北、辽宁,所以也可以考虑把这个联盟扩大到苏、鲁、冀、辽四省。

八、由于这个工程可以收到很好的经济效益,相信会有多方面的人来投资,因此这个工程具有很大的现实性。

九、这个工程是一个国家的工程,因此一定会得到省和国家交通部门及有关部门的批准。

十、我希望这个工程以尽可能快的速度来建成。

…………

2000年3月31日,浙江省委、省政府在杭州金溪宾馆召开杭州湾通道论证会议。

这是一次决定桥址命运的标志性会议。

虽然在会前浙江省领导一再表态:我们没有倾向性,最后桥址选在哪儿最合适,我们听专家的。但无论是绍兴方还是宁波方,人人都捏着一把汗。

宁波市副市长邵占维带队前往。临行前,市长张蔚文将他找去,郑重其事地嘱咐:"你们这次去是代表宁波500多万人民的愿望,只能胜,不能败。"

会议上局势很严峻。省计委站在客观公正的立场上,严肃宣布纪律,一切在听证会结束后决定。这是科学、民主的态度,它保证了这次会议的成功。

上午，会议主持者先请浙江省交通厅介绍绍兴沽渚通道先上的理由。整整讲了一个上午没讲完，下午继续。

轮到中交院代表介绍乍浦通道，只有半小时的时间了。汇报者只好尽量精简内容，加快语速。

宁波方与绍兴方都没有发言，然后是分头讨论。与会代表被分成两个组，专家们为一组，其他省内代表为综合组。

被掩盖了大半天的情绪在讨论时来了个总爆发，综合组讨论时双方意见十分激烈。

省交通厅、绍兴、嘉兴为一种意见，宁波为一种意见，各自力陈自己的理由。舟山方面代表只听并不表态，结果是三比一！

相比之下，专家组的讨论显得和风细雨，意见相当集中。15个与会专家中，14个表示支持将桥址选在宁波。

2000年6月21日，浙江省政府第三十七次常务会议作出了建设杭州湾跨海大桥的决定，明确大桥建设以宁波为主，要求抓紧上报项目建议书，争取国家支持。

2000年8月，浙江省发展计划委员会将项目建议书上报国家计委。

2002年4月30日，国务院第一二八次总理办公会议讨论通过了本项目的立项问题。同年5月29日，国家计委正式下达立项批文。

2002年7月，浙江省计委向国家计委上报本项目的

"工可"报告。期间，相继开展了工程地质、浅层气、波浪力、环保、经济、气象、交通等 19 项专题研究，并通过专家评审。

同年 8 月，交通部和中咨公司对"工可"报告进行了行业审查和评估。

2003 年 2 月，国务院第一五一次总理办公会议讨论通过了本项目"工可"报告。同年 3 月，国家计委下达"工可"审批批文。

任命王勇为跨海大桥总指挥

2001年2月28日，春节刚过完，宁波市市长助理、慈溪市市长王勇就接到通知，让他准备一下去中央党校参加全国县委书记培训。

这是全国第一期县委书记培训班，让王勇第一批去，自然是上级组织对他的培养。

临出发前，王勇要做好两件工作。一是看望乡镇干部。当时慈溪市正在进行撤乡并镇工作，700多个村被撤掉了一半，剩下300多个，下一步，要在这个基础上并镇。

王勇去看望乡镇干部，反复向他们说明，组织上会考虑每个同志的实际情况，会做好安排的，请大家放心。

二是连夜开市委常委会议，因为他第二天就要走，作为一把手，有许多工作要交代一下。

会议结束时已经22时了。

就在这时，电话铃响起，是宁波市委领导打来的："现在我们正在开办公会议。大家在讨论大桥的事，21世纪了，如果我们再不把大桥造起来，宁波就不能发展。现在大桥的进度太慢了，大家都不满意，一致认为要派个得力的人去搞大桥，准备将你调过去，你个人意见怎么样？"

王勇一下子愣住了，他犹豫着回答："我没考虑过。压力很大……不过，如果组织上定了，我去！"

放下电话，王勇这一夜失眠了。

第二天早上，王勇最后下定了决心："这么大的一件事，总得有人去干，既然命运将这件事交给了你，你就得干。"

叶承垣听说王勇去担任杭州湾大桥总指挥后，他十分高兴，叶承垣对王勇说：

> 谁说你不当慈溪市委书记可惜？我看造好这座大桥，比你当什么贡献都要大。能担任建设杭州湾跨海大桥的总指挥，就像参加三峡工程、青藏铁路建设一样，是千载难逢的机遇。一个人，能做这样一件实实在在的事，一辈子值得。

王勇这时也下定了决心：

> 建造世界最长的跨海大桥，有幸担此重任，此生足矣，死而无憾。

2001年3月18日，王勇正式出任杭州湾跨海大桥总指挥。

王勇意识到，首先要做的就是组建班子。

然而王勇发现,宁波的造桥人才实在太少了,不仅是造桥人才缺乏,这么大的工程,在宁波也几乎很难找到管理人才。

王勇了解到,宁波最有名的灵桥是由德国工程师测量,由英国人设计,最后由德国西门子洋行中标工程承包的。宁波三条江上后来的八座桥倒是自行设计、自行建造,但是,它是在江上,而现在是在大海上呀!

王勇思考再三,最后决定:先让合适的人上"车",然后再选择通往卓越的最佳路径。

宁波市委、市政府、市委组织部都十分支持王勇。凡是王勇点的将,他们都毫不犹豫表示同意。

王勇向市委要了三条政策:

一是市里专门留出50个名额给市重点工程建设配备干部用。

二是指挥部作为事业编制,不做企业编制。

三是凡在大桥指挥部提拔的职务,原单位要承认。

王勇调来了曾经当过慈溪市副市长的方夏平。张蔚文特地向王勇推荐了吕忠达。

王勇这时特别想到,指挥部需要有一个人专门搞投资。

因为当时为了争取批出项目,张蔚文代表宁波市表态，一再承诺说不要国家一分钱。

宁波市政府对大桥指挥部的态度也很明确："大桥建设，市财政不出一分钱，而且，大桥投资主体成立后，工程已经发生的前期费用也要悉数还清。"

而且，仅当时市政府用于大桥前期论证和项目调研的投入，就已经超过5000多万元。

但是，王勇立即意识到，现在大桥开张了，这融资可是头等大事！

王勇从市财政局调来了金建明。

另外，王勇还召集了一大批技术人才：总工程师朱瑶宏，工程管理处处长物董孟，搞财务的严宏军；原来筹建处的朱国芳成了计划处处长，原慈溪市人武部的政委蒋善平成了办公室主任，而原东海舰队的舰长何文宏成了副主任。

2001年6月27日，杭州湾跨海大桥工程指挥部行文，正式启用指挥部及各处、室印章。

二、 设计审定与统一意见

- 李国豪深情地说:"让我们共同努力,争取到我90岁的时候,能来为大桥的通车剪彩!"

- 王勇公开宣称:"谁要是从后门多拿一分钱,出了事,我绝对不保,严肃处理。"

指挥部组织进行大桥设计

1999年3月,勘测工程师王仁贵第一次到杭州湾南岸踏勘时,他眼前只有茫茫大海,没有任何系统的水文、地质资料,一片空白。

王仁贵勘测发现,杭州湾流速快、潮差大,一天最大的潮差近8米。

王仁贵知道,这里是世界上形成"涌潮"奇观的三个海湾之一,与南美的亚马孙河河口、南亚的恒河河口齐名,原因在于它典型的"喇叭口"地形:湾顶宽约20公里,湾口宽约100公里,纵长约100公里。

但是,来自不同方向的四股水在此交织,上游的钱塘江、曹娥江,下游的东海,还有裹挟着泥沙的长江,将这片海水染成混浊的红色,水流紊乱。当遇到东风或东南风时,喇叭口将形成"窄管"效应,使风力加倍,风推着浪,浪形成波,都在桥区集聚。

王仁贵第一次来这里勘测时南岸还在"九塘",两年过去,这里已经到了"十塘"。

王仁贵查看资料:2000多年前北岸的"零塘"海岸线所在地王盘山已经是海中央的一座孤岛了。南岸的10公里滩涂区不断淤积,北岸不断冲刷,海岸线不断向北退。

王仁贵沿着两岸不稳定的海岸线勘测，他要应对的第一个问题是：桥建在哪里？这看上去是个几何问题，只要选择距离最近的两点连成直线就行了，但现实问题很复杂，除规模之外，还要考虑它与既有路网的对接，这条线应该与国道主干线"五纵七横"最东边的沿海大通道"同三线"连接顺畅。另外，桥相对两岸岸线要稳定。

杭州湾最窄处恰在起潮点上游。20世纪90年代末，水势还无法从技术上很好地控制，在潮流和径流的共同作用下，河床摆幅达三四公里。

这也就意味着，如果建在起潮点上游，尽管桥总长只有十多公里，但主桥长度要超过3公里，以覆盖最大摆幅。

王仁贵估计，建1平方米引桥平均只要6000元左右，而建1平方米主桥则需两万多元，桥短并不等于经济。所以，无论从安全角度，还是从成本角度考虑，设计师们都选择了避开涌潮点，选在起潮点下游。

南端选在宁波的慈溪，如再向"喇叭口"更大开口处走，线路更长，水下地形也不稳定；北段选在嘉兴的海盐、乍浦港上游，避开乍浦港的出海航道。

早在1992年6月26日至29日，国务院在北京召开长江三角洲及沿江地区经济发展规划会议，首次提出要重点建设沪甬通道，宁波市随即进行研究，傅涌廷是最早的参与者之一。

其实通道就是两种选择：架桥或打隧道。

2001年来到杭州湾大桥工程指挥部的副总工程师方明山说，看上去隧道能全天候通车，不受大风、暴雨、大雪、大雾和严重冰冻等恶劣气候环境的影响，但建水下隧道有两种方法：沉管法和盾构法。杭州湾强涌潮、多风浪、海水挟沙量大等恶劣海床水文条件，使沉管法难以实施；用盾构法建如此长的隧道，建设工期很长，资金需求量很大。

据方明山估计，隧道造价大约是大桥的两倍，无论是技术上还是造价比上，建造跨海大桥都有明显的优势。

在第一次研究大桥项目的国务院总理办公会议上，时任国务院总理的朱镕基担忧："跨海大桥会不会影响钱塘潮？"

因为，每年的农历八月十五前后，数十万游客争睹钱塘潮，"天排云阵千雷震，地卷山河万马腾"，它的速度达到每小时40公里，高度2米至3米，是世界上最大、最壮观的涌潮。这一千古奇观会因大桥的建设变小或消失吗？

王仁贵说，这要看钱塘潮的形成原理：一是喇叭口的平面形态；二是水深的逐渐减小，也就是尖山沙坎的存在。建桥并未改变这两者，这也被模型试验所验证了。

研究人员按照杭州湾海床实际制作了一个巨大模型，模型的上边界是上海市金山卫，下边界是萧山的老盐仓，与实际不同的是，模型中已建起了长长的杭州湾大桥。

科研人员可以直观地看到大桥对潮水的影响，在高阳山一带起潮，在八堡、新仓一带成为壮观的"交叉潮"，在盐官形成整齐的"一线潮"，在老盐仓出现"回头潮"。

实验的最后结论是，钱江潮起潮点离大桥上游尚有30多公里，基本不受大桥影响，建桥后潮头高度的降低不会超过2厘米。

从北端进入，大桥给人的第一印象是一片浅紫色，颠覆了人们对于桥梁混凝土形象的想象。紫色护栏向前延伸一段，变成了蓝，再变成青……呈现出赤橙黄绿青蓝紫的渐变。

当时在大桥指挥部内部也曾有过激烈争论，会不会太花了？王仁贵当时说，因为桥太长，司机长时间注视黑色路面，易产生视觉疲劳，颜色改变有助于舒缓压力。

1993年下半年，宁波市计划委员会开始编制1994年计划。市计委副主任姚松林负责这项工作。

姚松林率领一批人开始搞调研，在调研中，听大家说得最多的是关于建设杭州湾通道的设想。

调查完毕，姚松林向计委领导汇报。

分管的副主任邵占维当时二话不说，很爽快地拍板："行，先拨300万元，作为启动资金，你们将前期工作先做起来。"

姚松林每年制订计划时，他总是留出200万至300万，尽管造大桥的局势有悲有喜，有明朗有阴晦，但这笔钱雷打不动。

姚松林拿着这 300 万元钱，先做了两件大事。第一件事是找一家优质的工程咨询公司。

1994 年初，计委与北京的林同炎公司取得了联系，经过反复比较讨论，最后决定委托上海同济大学的林同炎、李国豪工程咨询公司。

林同炎院士是国际桥梁建筑界的泰斗、茅以升老先生的得意门生。他曾担任过美国中央政府、加州州政府及各大公司的工程顾问，他所设计的高楼大厦、各式桥梁，获奖的数不胜数。他建议建造的跨州大桥，连接亚洲、美洲于白令海峡，贯通欧洲、非洲于直布罗陀海峡，从地理上构想了人类和平与四海一家的伟大理想。

林同炎于 1995 年 4 月专程来宁波考察、踏勘，还坐着气垫船在海上兴致勃勃地兜了一圈。

李国豪院士则是国内交通土建业的顶尖人物，中国科学院、工程院院士。他曾支持开展"2000 年中国交通运输发展战略与政策研究"，历时两年半，组织了有关专家 770 余人，进行了大规模的咨询论证，部分成果已经在交通运输建设中发挥作用。

当时的国务院副总理朱镕基、邹家华都十分重视这个课题，曾多次亲自听取过专家组的汇报。

4 月 23 日，在宁波新芝宾馆二号会议室，举行了杭州湾交通通道预可行性研究技术合作合同签字仪式。

副市长吕国荣与李国豪分别代表宁波市人民政府与上海林同炎、李国豪工程咨询公司签字。

那一天，李国豪十分激动，在仪式结束时，80来岁的李国豪深情地说：

> 让我们共同努力，争取到我90岁的时候，能来为大桥的通车剪彩！

5月4日，李国豪率领一行10人奔赴平湖县北岸考察大桥的桥址。

一个星期后，市计委收到林同炎、李国豪公司的第一份传真：关于金山卫、王盘山、乍浦、澉浦4个桥位的方案。

宁波、绍兴的两桥之争，在当时是争论得最为激烈的。一种意见是造绍兴通道。这个方案设想从绍兴的三江高速公路接口，穿过绍兴、萧山境内围垦滩涂地，在海宁市九里桥上岸，直至终点沪杭高速公路的屠甸互通，路线全长51公里，其中跨江大桥全长4公里，总投资近30亿元，可缩短行程50公里。

它最大的好处是有利于增强杭州湾两岸的经济联系，分流了杭州市的过境车流量，减轻钱、江二桥的压力，同时，投资少，见效快。因为它是在江上建桥，而宁波是在海上建桥呀！

另一种意见即是造宁波的杭州湾乍浦通道。

从近期看，绍兴通道距离短，投资少。杭州湾乍浦通道距离长，投资多。

但从经济长远发展影响看,杭州湾跨海大桥要解决的是接轨大上海,融入长三角的交通网络,是战略性大桥。而当年在论证的绍兴通道主要是完善省内交通网络,是区域性大桥。

两座桥的功能有所不同,两座桥都应该造。只是当时,应该让谁先上呢?都在同一个省,你总不可能让两座大桥一起上吧!

宁波与绍兴两地由此引发了一场旷日持久、各不相让的大争论。

2000年6月21日,浙江省政府第三十七次常务会议在认真听取了省计委的汇报后,通过了省计委关于"杭州湾大通道位置选择确定为北接乍浦、南接慈溪庵东镇"的方案。

指挥部征集桥型优化方案

2001年6月27日大桥工程指挥部正式成立后，王勇本来想这下可以全力投入工程建设中去了。但是王勇没有想到，要想让国务院批准立项，实在有太多太多的程序性工作要做。

这是一套很专业又很复杂的程序：

第一个环节报项目建议书，有一种叫法是"可行性研究报告"。它解决的是"可能性"问题。

第二个环节是报"工可报告"。它解决的是"可行性"问题。

第三个环节是"初步设计"。

第四个环节是"施工图设计"。它解决的是技术细节的问题，如打桩、架梁等。

以上的每个环节中又有着若干个子环节，有的得从县、市、省逐级上报，有的还要经过若干个专题的研究论证。

第一个与第二个环节是国家计委和国务院审批，第三个与第四个环节则是行业主管部门审批，大桥属于交通，因此还要交通部审批。

在第一个与第二个环节报国家计委前，还要经过中国国际工程咨询公司这道"关"。因此，除了向国家计委正式报告外，必须同时请专家验证。国务院开会审批时，这两家单位都得到场。

在这种情况下，王勇决定打个提前量：先将第二个工可报告做好，如果第一个可研报告批下来了，那么，第二个工可报告立马可以报上去。等第二个报告上报后，立即做第三个等着。

王勇立即请设计院的人做好了工可报告。

然后王勇指示说："先将它拿出来听听专家意见吧。开个座谈会，以我们指挥部的名义征求意见。"

有人担心地对王勇说："这个意见是不能当作正式结论上报的，很可能花了钱却没有效果。"

王勇反问："你没有开会怎么知道没效果呢？我们怎么能肯定方案就没有问题了呢？"

会议如期召开了。他们请来了15个专家，都是全国桥梁建筑方面的权威人士，另外还有交通部的几位总工程师。

经过专家和总工们的讨论，发现了几个大问题：

第一，当时中国还没有造这样长的跨海大桥的设备。造桥就需要打桩，而我国现有的打桩船，根本没有办法打杭州湾跨海大桥的桩。即使国务院将立项批下来了，也没有办法建造大桥啊！

国际上倒是有这个设备，但是请人来造价起码翻三倍以上，若是准备了100个亿，很可能要花到300个亿。

还有，这些国外工人进来了，这个区域也要按照"境外"模式来管。

而且，这些人进来，统统要外交部审批，这些设备进来，统统要海关总署审批。这就需要有一大笔钞票准备着。

第二个问题，是工作日的问题，也叫有效工作日。

当时工可报告中考虑的是实行海上作业，但是杭州湾风高浪急，台风多多，海上作业的话，365天中只有150天到180天可以施工，也就是说，一年里只有半年时间可以干活儿。如果正在施工，混凝土浇了一半台风来了怎么办？停工。这还怎么施工？如果这样干下去，别说5年，10年也别想造好。

第三个问题，工程量那么大，如何组织管理？标段如何划分？

第四个问题，这座桥到底要造成什么样的桥？桥的类型很多很多，有悬索桥、斜拉索桥，还有一种叫连续斜拉索桥，整个36公里全部连续过去。桥型方案这么多，到底要建造成什么桥型？桥型的方案定下来后，才能决定怎么个造法。

王勇听到大家指出了这么多的问题，他有些吃惊，但他还是请大家帮忙想出一个比较好的办法来。

几天下来，大家真帮王勇想出了几个办法：

第一，施工决定设计。这个世界之最长大桥的设计，不是哪个设计院的人坐在房间里凭空想象就能想出来的，必须让有经验的施工单位一起参加设计。也就是说，首先要从实践中来！

第二，变海上施工为陆上施工。变海为陆，减少海上作业时间，这样150天就变成365天了。

第三，陆上要大型化、工厂化、标准化。

那么叫谁搞方案呢？

王勇想，设计院是不用去了，因为我们国家还没有造过这样的跨海大桥，还没有相应的技术标准与规范，硬要他们搞设计，也实在是勉为其难。

当时，参加会议的浙江省交通厅老厅长邵尧定给王勇出了一个主意："老王，你向全国大的施工单位征求一下方案嘛。"

王勇听了一下子高兴了："对呀！我们可以让施工单位和设计单位联合设计呀。这些活跃在第一线的人不是最有发言权吗？而且，你设计得好，以后就按照你的方案，按照你的施工方法，按照你的工期搞。"

另外，关于桥型，谁说了也不算，于是举办了一个全国有奖征求方案活动，这个活动叫作"杭州湾跨海大桥施工组织与桥型优化方案征集活动"。王勇当场表示，要对征集的方案进行评比、评奖。

王勇策划的这个活动立时引起了一场参选大战，参加的不仅有专家，更有战斗在第一线的施工单位！大家的积极性都很高。

各种各样的方案雪片似的飞来,他们其实主要不是想得个奖,重要的是他们都想在大桥建设中分得一部分施工任务。

从7月到9月,仅仅三个月时间,最佳方案顺利出台。

9月,大桥指挥部再次将这些专家们请到宁波来,这次名义上是请大家来做评委,实际上是借用专家力量对多种大桥方案再次进行优化选择。

张蔚文、邵占维也都被请来了,他们端坐在那里静静地听着大家的意见。

最后,中港三航局与中交公路规划设计院联合体夺得了第一名。

不仅得了第一名,他们还因此被聘为大桥的设计单位。

获得第二名的是中铁大桥设计院。

第三名是香港的一家单位。这个单位听说要造杭州湾跨海大桥,已经跟踪好几年了。

王勇这回心里安定下来了,他想:"俗话说,英雄所见略同,既然三家都认为是好的方案,专家们也都认为是好的方案,肯定是好的了。我是外行,我听他们的。"

国家计委上报总理办公室

2001年12月19日,国务院第一一八次办公会议召开了。杭州湾跨海大桥这一项目与其他许多项目一起被列入讨论。

国务院办公会议要讨论的消息传来,大桥指挥部的所有指挥们那几天都有点儿心神不安。

大家都在想:"毕竟这是大桥项目第一次往上报,能一次闯关成功吗?"

整个宁波市都在着急。于是,国务院办公会议刚结束,金德水市长就急着让市发改委主任殷志远去打听消息。

殷志远带人立即赶到北京了解情况。后来他打电话问总理办公室,办公室的人说情况很乐观。

那人还说,总理办公会议上提出了三个问题:

> 杭州湾跨海大桥跨度大,地处杭州湾口,要对建桥后给杭州湾沿线港口、钱塘江观潮带来的影响等问题以及工程设计方案慎重进行研究。

朱镕基最后表态说:"就这样了。"

殷志远觉得心里没底,追根究底,问总理办公室的人:"'就这样了'是什么意思呢?是成还是不成?"总理办公室的人笑着说:"当然是通过了的意思呀!"

消息传来的那几天,大桥指挥部的几个正副总指挥好好地醉了一场,一个个春风满面,走起路来脚步都觉得特别轻松。

但是,才过了几天,总理办公会议纪要下来了,大家一看傻眼了,话倒还是这么三句话,结论却跟想象的截然不同。

"就这样了"的意思,原来是要求针对会议上提出来的三个方面的问题继续论证评估、继续补充材料!

王勇听到消息后,心里非常难过,不过王勇还得先安慰大家,充满激情地给大家鼓劲打气:

"要求补充材料就是好消息,就有戏。至少说明总理办公会议没有否定,说明对大桥很重视嘛!而且,不断补充材料的过程也是反复检验我们准备工作的过程,要在杭州湾上面造桥,毕竟不是儿戏,它需要实事求是的科学态度。我们要借此机会将基础夯得结结实实的!翻来覆去一句话:这不是坏事,是好事!"

吕忠达无法再想是坏事还是好事,他们必须平静自己的心态再次检验自己的方案。于是大家根据上面的要求又紧张忙碌起来。

没过多久,他们将一份更加简明扼要且充满科学性的报告交到了国家计委。

很快，这份报告以国家计委［2002］499号文件的形式被送交到了朱镕基手里。

这份报告补充说明了总理会议上提出的三句话。

第一个问题，杭州湾跨海大桥项目建设对沿线港口有没有影响？

指挥部回答：因为在设计时，大桥桥位和跨度、净空已充分考虑到对沿线港口的影响。它选择的是对港口影响最小的乍浦方案，该方案避开了深水港发展区域，给乍浦港的远期发展留有足够的空间。

大桥也不会对通航带来阻滞。根据交通部对杭州湾跨海大桥通航净空的批复，已经给远期桥下通航能力的提高留着充分的余地，也完全能满足上虞港、杭州港等上游港口的需要。

再则，通过实验分析结果表明，桥轴线上、下游各500米范围内，涨、落急流速变幅小于5%，4公里以外基本没变化。

因此，建桥对乍浦港及乍浦至秦山航道基本没有影响。大桥也不会影响杭州湾沿线港口的运营和规划建设。

第二个问题，杭州湾跨海大桥项目的建设对钱塘江观潮有没有影响？

指挥部回复：经过无数次的实验，通过专家组的鉴定，大桥对钱塘江大潮的影响为小于两厘米，钱塘江大潮的平均潮高为2米至3米，也就是说大桥对大潮的影响在1%以内。两厘米的影响是微乎其微的，也是常人的肉眼看不见的。

这一科学的结论让总理放心了，让环境保护主义者放心了，也让全国人民放心了。

第三个问题是，杭州湾跨海大桥项目的工程设计方案是否可行？

指挥部的回答是，根据杭州湾特定的气象、水文、地质等自然因素，建设杭州湾跨海大桥的条件是许可的，不存在不可克服的技术难题。依靠国内桥梁设计、施工队伍和技术，完全能够将杭州湾跨海大桥高水平、高质量地建成。

2001年，技术人员在滩涂上打钻探桩时，钻到地下约50米的深度，突然，只听到"砰"的一声巨响，一股高达50米的气流直冲天空，在空中燃烧起来。

原来，杭州湾有古河道，千万年来淤积海底的有机物生成了沼气，以蜂窝状分布，遍布于杭州湾。这种沼气没有任何开采价值，但它的存在对于大桥的施工却危害极大。无论是钢管桩还是钻孔桩，一下去，不巧碰上了沼气，沼气就会喷薄而出，若是再碰上点儿火星，就会熊熊燃烧，真可谓"一半是海水，一半是火焰"。

当然，由于大桥总体上处于海洋性环境中，大桥结构的耐久性和防腐措施是下一步工程设计中需要重点解决的问题。工程设计方案在可行性研究阶段还将进一步优化。

在杭州湾大桥的设计中，测量也成为一个难题，一是离岸太远，36 公里，如果按照传统的测量法，从岸连通器向海中延伸，测好一个桥墩的位置，造一个桥墩，再测另一个桥墩，再造另一个桥墩，那大概整整需要 30 年。

二是几个施工队同时开工，全面开花，不然 5 年的工期来不及。

三是误差要求极严，桩基误差 100 毫米，承台误差 50 毫米，墩身 20 厘米，标高误差则只有 5 毫米。

如果先在海中打桩定位，然后再在上面定线的话，成本就会大大增加。

中铁四局工程师、大桥副总指挥朱瑶宏与大家商量，最后决定采用 GPS 参考站系统，将高精的卫星实时定位技术应用到跨海大桥海中打桩定位中。同时请测绘专家专门进行研究。

他们终于独创了"跨海长桥全天候运行测量控制关键技术"，使海上高程控制测量精度小于 3 厘米，平面控制和各标段的衔接精度只有 5 毫米，真可谓"天衣无缝"。

而当报告在国家计委出现时，当上面郑重其事地签上了国家计委副主任张国宝的名字时，在杭州湾建造一座跨海大桥已经不仅是浙江省的事了，它也成了国家计委对整个大局发展的考虑与策划。

指挥部进行大桥工程招标

2001年底，指挥部大桥桥型设计征集顺利结束，大桥开始进入初步设计。

不久，立项批出来了，王勇一看很高兴，时间终于抢回来了。

然而，当王勇带着几个人去北京汇报时，交通部的一位女司长负责这项工作，她对王勇说："你们的'工可'报告没有批下来，根本不具备搞初步设计的法律依据，而且，初步设计必须搞投标。"

王勇就把为了抢时间的实际情况对女司长详细解释了一番，希望她能够理解。

女司长又问王勇："那你们必须要做的投标程序呢？"

王勇说我们都做了，可女司长不相信，因为这的确不符合工程程序。

第二次，王勇带着一大箱招投标的文书又去找那位女司长，这次，她很仔细地把文书看过后，居然变得很爽快："你们的工作做得很好。"

王勇不敢大意，继续听女司长说下去。

女司长又说："你们做得不错，全国当时还没有执行部长令，你们却已经在严格执行了，不过，有几个地方可以做得更细些。"

2003 年，大桥指挥部进行第一批土建工程招标工作。

交通部一直很担心招标的事，因为有许多干部都在这上面栽了跟头。

交通部副部长冯正霖郑重其事地对王勇说了好几次，他对王勇说："你无论如何一定要百倍警惕、高度重视，要确保成功。"

王勇对此采取了"开前门，堵后门"的办法。

王勇公开宣称：

> 谁要是从后门多拿一分钱，出了事，我绝对不保，严肃处理。

他在大会上这样讲，在每年的家属会上也这样讲，他不厌其烦地一再告诫大家："你们要把自家人管好，在这个问题上，我铁面无私，大桥造好了，你们家里人都不能出事。"

王勇还将职工及家属们组织起来，让他们到监狱里去参观了好几次。

指挥部决定在宁波包下一个宾馆，全封闭，将工作人员与专家都集中在一个地方，手机全部上交，中断对外通讯。而且，指挥部还请监察局、检察院、公证处、招标办等有关部门进行现场监督。公安人员要 24 小时派人站岗。

会议在省政府召开，省交通厅、省发改委都派了人参加，省招标办来了一位姓李的处长。

但是，李处长态度坚决，毫无商量余地，不行，就是不行。

王勇立即向市长汇报后，以市政府的名义向省政府打报告，要求省政府协调。

浙江省副省长巴音朝鲁出面来协调，巴音朝鲁当时对王勇并不熟悉。

王勇将理由都说了，将采取的措施也详详细细地说了。

省交通厅、省计委都表示支持。

李处长却毫不让步，坚决反对。他说："这可不行，浙江省自从建立招标办以后，从来没有开过这种先例。"

王勇客客气气地对李处长说："那请你想个好办法吧。现在你这个中心不能全封闭，这恐怕不安全呀。"

巴音朝鲁对李处长说："三峡工程的招标是不是放在北京呀？"

李处长听出了巴音朝鲁话中的含意，想了半天也没有回答出来。

巴音朝鲁等了一会，又接着说："宁波提出来的方法是有道理的，他们不是为了逃避监督，而是为了方便工作，这个事情可以考虑，但最终要向吕省长汇报。"

巴音朝鲁当晚将情况向省政府做了汇报。

没几天，省政府便以抄报的形式给予回复，鉴于杭州湾跨海大桥的特殊情况，同意在宁波招标。

2003年2月28日，国务院最后一次办公会议召开，在这次会议上讨论了60个项目，其中之一就是杭州湾跨海大桥。

3月初，工可报告通过的正式文件下达。

4月中旬，交通部组织在宁波钱湖召开大桥初步设计论证会。

三、大桥奠基与施工建设

- 王勇说:"历史选择了我们,我们正在创造历史;历史不会忘记我们,我们不留历史的遗憾。"

- 慈溪一家企业老板说:"就因为我是杭州湾跨海大桥的股东,已经谈成了好几笔大生意,人家一听我是大桥的股东,二话不说就签约。"

- 王勇在大会上宣称:"采用'梁上运梁架梁'方案,是'智取华山'一条道,只能成功不能失败!"

举行大桥开工新闻发布会

2003年6月7日,杭州湾大桥奠基新闻发布会在宁波新兴大酒店举行。

在新闻发布会上,大桥总指挥王勇成了众多记者聚焦的热点。

第一个对王勇发问的是来自日本共同社的记者,他对杭州湾跨海大桥的"世界第一"的说法提出了质疑。他问道:"在日本,明石跨海大桥也称是世界第一,那么,杭州湾跨海大桥与日本明石大桥的第一之争究竟如何解说呢?"

王勇微微一笑,回答他说:"杭州湾跨海大桥的第一与日本明石跨海大桥的第一是两个不同的概念。日本明石大桥是一座十分美丽的跨海大桥,和杭州湾跨海大桥不同的是,明石大桥属于单跨大桥,它的单跨长度为世界之最,达到1991米。而杭州湾跨海大桥的第一是长度第一,它将是目前世界上跨海距离最长的桥梁。"

日本记者对王勇这个回答感觉很满意。

《人民日报》的记者提出了一个颇有深度的问题:"与上世纪世界上其他著名的跨海大桥相比,杭州湾跨海大桥的先进性表现在哪里?"

王勇不假思索地回答:"主要体现在:1. 设计使用

寿命为 100 年，据我们了解这在英、美等国也是罕见的；2. 大桥结构设计与景观设计同步，而国外基本上是先结构设计再景观设计；3. 在施工工艺上，杭州湾跨海大桥的梁上架梁最重达 1430 多吨，是世界上最重、最长的预制件；4. 在管理上，从施工到运行的 100 年间，将以数字化方式监控大桥质量及运行，这是它的先进之处。"

下面又有记者问："为什么杭州湾跨海大桥采用'长桥卧波'这个设计理念？"

王勇回答："杭州湾跨海大桥的设计，我们首先采取了浙江、上海、江苏的吴越文化观念。在桥型上，设计者采用了西湖苏堤的形态，集交通、观光于一体。为兼顾杭州湾水文环境特点，'长桥卧波'的设计将大桥平面勾勒成"S"形曲线，优美、活泼的桥型让司机和乘客在行车、坐车时产生愉悦心理。

"而且，这也是一种科学的要求，直段不能太长，否则司机会产生视觉疲劳，容易出事故，其次桥梁各段的桥轴线应尽量与涨潮和落潮的主流垂直，以减少建桥对水流的影响，保证船舶的安全。"

另一个记者问："杭州湾上有天下奇潮，更有海轮过往，大桥的建造是否意味着观潮不再？航路不通？"

王勇胸有成竹地回答："杭州湾为世界三大强潮海湾之一，有台风、小气候形成的龙卷风，有混乱的流速、流向。'长桥卧波'的设计也是出于安全考虑。我们专门为钱塘奇潮及过往海轮留了通道。

"整座36公里的长桥有两处宽448米及318米的桥下通道。桥下净空高、流速急,北通道为3.5万吨海轮留下了通道,南通道为3000吨以下海轮留下了航道。这两条航道桥上两端将出现钻石形双塔及"A"型单塔两座造型桥塔,成为'长桥卧波'桥型中两处跌宕起伏的高潮路段,钱江潮也就自然通过了。"

记者继续追问:"据说杭州湾跨海大桥中段设有海中平台,这座平台有挡潮的危险吗?"

王勇如数家珍地答道:"我们在离南岸14公里处的一个本来就有沉积的淤滩上,建造一个像东海石油平台一样的海中平台,施工时,作为南北接点,便于物流。

"施工结束后,平台将成为集救援、观光、休闲于一体的桥中转运站。这个平台将有两个足球场那么大,平台上还建观光塔,风和日丽时,南可望慈溪庵东水路湾村的桥墩,北眺海盐郑家埭。由于平台是由许多桩基支撑的,下面过水,所以这个平台与潮流无关。"

有的记者提出一个有趣的问题:"看过《真实的谎言》的观众一定记得影片里车子从跨海大桥翻到海里的惊险镜头,杭州湾跨海大桥是目前世界上跨海距离最长的桥,那么今后大桥上发生恶性交通事故该怎么处理?桥上的车子会像电影里那样翻到海里吗?"

王勇沉稳地回答:"在大桥的设计中,虽然是双向六车道,但每面都保留了一个3米宽的紧急停车带,车子发生故障后可以紧急靠边停泊。在桥上每隔5公里还设有一个掉头区，平时不开放，发生特大交通事故的时候才启用。

"此外，在大桥中央的海中平台，除了紧急救助等功能外，还有开辟直升机紧急起降点，以备紧急情况使用。"

同时，有的记者也问了不少敏感的问题：

"大桥投资是否还会再增加？"

记者之所以提出这个问题，是因为前段日子的媒体中，出现了大桥总投资的4个数据：最早的64亿，2002年初的87亿，2002年10月的107亿，而现在公布的是118亿。大桥的建设周期是5年，这是个不短的时间，大桥的资金问题也成为一个悬念。

"嘉兴港是否会被宁波、上海完全'湮没'？"

嘉兴市常委、常务副市长王洪涛胸有成竹地回答：

"嘉兴从来没有想过自己的港口能取代上海或者宁波港，同样，嘉兴港的作用也不可能被两个港口所取代。嘉兴人很清楚嘉兴港只能是上海或宁波港的配套港。

"在大桥建成以后，嘉兴的地位将更加特殊，成为浙江新的交通枢纽。嘉兴港将向宁波或上海输送集装箱货源，谁的运价低、线路短，货物就往哪个港口流送。

"由于嘉兴内河水网发达，目前内河集装箱运输十分红火，运送量从原先的几百箱飙升到现在的6000多标箱。如果不计较时间，内河集装箱运输将是最便宜和适合嘉兴港大力发展的。"

几乎与此同时，中交公路规划设计院的负责人王仁贵教授，也成了媒体采访的热门人物。

"怎样抵挡会喷火的海底沼气？"

"龙卷风会影响大桥施工吗？"

"大桥会不会破坏钱江潮？"

"为什么不建海底隧道？"

"桥墩能承受多大撞击？"

"大桥遇袭如何护身？"

"大桥施工会不会影响海洋生态？"

……

一向老成稳重的王仁贵笑呵呵地一一作答。

当然，在所有的新闻媒体的提问中，最尖锐、最热闹、最最集中的是建设杭州湾跨海大桥的资金来源。

当年，市长张蔚文为了能让杭州湾跨海大桥顺利立项，带着一批人四处奔走游说。

当时，全国都在大上基础性项目，上级有关部门明白，手里捏着的笔一旦落下来表示同意，紧跟着的就是一连串含金量极大的圈圈去配套，那是在20世纪末，对这么大数目资金的项目毕竟顾虑重重。

为了打消他们的顾虑，张蔚文表态，只要项目批下来，我们不要国家投一分钱！

项目批下来的时候，张蔚文已经调任了，接任的是金德水。

金德水虽然也知道前因后果，但他心想：这么大一个举世瞩目的项目，国家怎么能真的不出钱呢？按国家规定，补助总该有的吧。于是亲自跑到北京去争取。

可到了那里，人家却说没有商量的余地："你们张市长说过的，只要批下来，不要国家一分钱。"

金德水回来以后，就打消了向国家要钱的念头，决定自行解决资金问题。

怎么解决呢？当时的选择很多，政府投资的公司很多，可以全部由国有企业买单，也可以走民间集资的道路。

张蔚文曾经对金德水说过："宁波的民营资本很发达，我们可以走民间集资的路子。"

现在，尽管这座桥是世界上最长的跨海大桥，但是宁波已经有很多的世界第一了：已经在建的上海环球金融大厦是世界第一高楼，已经在运营的上海磁悬浮高速列车是世界第一个磁悬浮列车。

所不同的是融资渠道。

第一高楼资金来自日方投资。

上海的磁悬浮列车资金来自8个国有大企业集团的共同投资。而杭州湾跨海大桥则由很多民营企业参与投资。在118亿元的总投资额中，民营资本占到了50%以上，这50%以上的资金是由17家民营企业组成的6个投资公司投入的。

这是民营资本参与的中国第一个最大的基础设施项目。它是新形势下一种新的经济合作模式的探索，无论是政府、民营企业家，还是媒体，大家都在摸着石头过河。

温州市近几年来共完成交通基础设施建设投资137亿元，其中100亿元来自民间资本，绍兴市几年内投入180亿元建设城市广场、污水处理工程、城市门户改造等一大批城市基本设施。

这其中，政府财政性资金投入仅占10%，其他资金都通过市场运作手段获得，民营资金占了很大一部分。

2002年，全省社会投资总额为3458亿元，比上年增长24.9%。其中以民间投资为主体的非国有投资达到2316亿元，是1981年的126倍，年均递增27%。超过了浙江省2000年全社会投资总额，占全社会投资的比重历史性地突破了67%。

因此，有专家说：浙江民间投资已接近"三分天下有其二"，浙江民资已经成为推动浙江经济快速发展的重要动因。

这一形势与浙江省委的引导有关，就在2003年，浙江省政府发布《关于促进和引导民间投资的意见》，对民间投资给予鼓励与扶持。它体现了政府一个重要的理念：政府不与民争利。

时任浙江省省委书记习近平明确表示：

> 民营经济是浙江的优势。杭州湾跨海大桥开了一个很好的先例，在国有资本唱主角的稀

缺领域和传统垄断行业，民间投资不仅进入而且占据了半壁江山，今后大型基础设施建设向民间投资的大门将更加敞开。

这样的大气候无疑给杭州湾跨海大桥的融资带来了机会。

杭州湾跨海大桥的预期效益很好，有专家预测，大桥投资10多年就可以收回成本，按照一般所拥有的20年的收费期计算，光大桥的过桥费就可以让投资者赚回一大笔钱。

2001年8月，代表宁波方90%股份的宁波市杭州湾跨海大桥投资开发发展有限公司成立。

9月，宁波方与占10%股份的嘉兴方组建了宁波市杭州湾跨海大桥发展有限公司。

宁波方的投资公司由三家组成：宁波交通投资公司股份为45%，雅戈尔公司股份为45%，以浙江海通公司为主的5家民营企业组成的慈溪建桥公司所占股份为10%。

举行大桥开工奠基典礼

2003年6月8日,杭州湾大桥奠基典礼正式举行。

那段日子,全世界"非典"情势虽然有所好转,疫情也得到很有效的控制,但是国际舆论对中国并不利,许多的国家宣布禁止国内公民去中国旅游。

然而,杭州湾跨海大桥就在这个时刻宣布奠基了。大桥奠基选在这一天是意味深长的,因为就在不久之前,刚好是三峡大坝合龙。

这样,中国两件大喜事相连,大大冲破了沉闷的气氛,也更引起世界媒体对中国的极大关注。

宁波市为了大桥的奠基典礼,他们邀请了中央和各部委领导以及有关专家,除了全国人大常委会副委员长李铁映,还有正部级领导10人,副部级领导20人,另外还有100多家媒体的记者。

这么多贵宾的往返,在平时那是不用费心思的事,但在"非典"时期却成了一个重大问题。

宁波市政府为了这些贵宾的安全,果断决定:包机。当天上午将客人从北京接过来,当天17时再把他们送回去。

6月8日,根据通知,市内被邀请的贵宾12时在市政府集中上车,上车前由医务人员测量了体温,体温正常者,在贵宾卡的背面盖了个蓝色的印章。这是"非典"时期的一个举措,证明你可以外出。将要进入奠基现场的公路旁时,大家再一次接受了医务人员的检查,测量了体温,见体温正常才被放行。

但是,大家很快发现,自发而来的当地群众就像钱塘江的潮水般,向着奠基典礼的现场涌过来,负责检查的医务人员早已被老百姓的汪洋大海淹没了。

从慈溪市和宁波市区调过来的700多个民警,从8时开始就陆续奔赴现场的15个路口。

但是民警们还是迟了,从4时多开始,闻风而来的人群已经开始涌向大海边。

当民警到达时,他们惊奇地发现,海边早已是密密麻麻的人群。离会场3公里左右的大桥指挥部管理中心的工地上,停满了前来观看的市民的汽车、摩托车。接近会场的地方,则早已被热情的人群围得水泄不通,甚至连周边几公里的海塘都挤满了人。

一路上,扶老携幼前去观看的人络绎不绝。

他们有开着农用车的,车里坐满了左邻右舍。有骑着摩托车的,胸前拢着孩子,背后贴着妻子,分明是一家子都来了。

孙子扶着70多岁的老奶奶来了;几岁的孩子骑在爸爸的脖子上来了……

有一对正在结婚的新郎、新娘也匆匆结束仪式,与贺喜的亲友一起来了,他们特意选定这个有意义的日子作为人生新的开始。

一位90多岁的老爷爷实在走不动,就让儿孙们将他的躺椅抬到马路边,打着阳伞在炽热的阳光下看着行进的人群。

公路沿线到处都是人群,车子越往前开,人群越密集,再往前几乎就是夹道欢迎的阵容了。

原来人们知道今天有中央级和省、市级的领导要来,于是就在路边等候。

他们有站着的,更多的是坐着的,只是为了占据一个好位置。许多人一早就在那里放了椅子或者板凳;有人甚至搬来了桌子或者茶几,泡了茶,一边喝茶,一边耐心地等待着他们从未见识过的场面。

许多上了年纪的老婆婆和老爷爷,为了挡住烈日的烤晒驱除酷暑,头顶撑着伞,还不停地摇着扇子。

主会场是不能进的,机灵的人们就从堤上过去,远远地站着,成了一片人的海洋。

有的年轻人怕别人挡住视线,干脆爬到路边的电线杆上,远远看上去像是一个个哨兵。民警来了,让他们快下来,然而,一眨眼工夫,另外两个人又挂在了上面。

应张海老人已经81岁了,那张满是皱纹的脸上笑成了菊花,他说:"那时,我每天挑着货郎担走来走去卖东西,说起对岸的上海来总是头头是道,我曾经对大家开玩笑说,我要造一座大桥连接上海,因此大家都叫我'小上海市长'。真想不到,一句玩笑话成了真,这一天真的来到了。"

一大早，应张海就让家人陪着他来到海滩找了个好位置，他要亲眼看到大桥奠基的第一铲土。

56岁的陈元远是土生土长的慈溪人，他从20岁就跑出来做生意，做了几十年的生意，常常在上海与慈溪之间来来往往，5时起床，绕道杭州，20时才到上海，这其中的辛苦他体会得最深。

陈元远听说要造大桥，他兴奋得一夜没睡觉，一大早就骑着摩托赶来了。他感慨地说："大桥造好了，生意更好做了，我还要再投资两个亿呢！"

有一位90岁的李老太是让孙子用小车推着来的，她的耳朵已经聋了，但是她一定要亲眼看看这壮观的一幕。她大声地告诉别人："我等这一天，等了一辈子啦，能不来吗？"

有人粗略算过，现场足足有10万人！但是，那一天的秩序分外地好，人们都耐心地等待着，不在乎头顶的烈日，不在乎阵阵大风，不在乎四处飞扬的沙尘。

大家从上午等到了中午，从中午等到了下午，饿了啃一口干粮，渴了喝一口矿泉水或者可乐。

大家都说："为了这一刻，我们等待了整整一个世纪，还怕这一点辛苦？！"

许多人都随身带着矿泉水瓶，他们从奠基石周围堆着的黄沙中掬一大把，郑重其事地装进去。

他们说："要带回家去，在自家造房子的时候这些沙子将作奠基之用，这样我的家业就能得到这些神圣之物的保佑，像这座大桥一样百年平安。"

这一天，柴松岳省长已经调任了，在2002年9月那次省政府常务会后不久，他就调离了浙江。

但是大桥没有忘记他，老百姓没有忘记他，宁波市一定要请他来参加奠基仪式。

更让柴松岳没想到的是，当他坐着面包车经过通道时，老百姓认出他来了，人们欢欢喜喜地高呼着："柴省长！柴省长！"

这时，柴松岳的眼睛湿润了，他没想到老百姓还记着他，他朝着大家挥手致意。

更多的人发现了柴松岳，更多的人追着车子向他挥手："柴省长！柴省长！柴省长！"

柴松岳面对这一刻，他的泪水终于夺眶而出！

这一天，200余名记者来到了这里。

记者们说："将在世界桥梁史上占据重要地位的杭州湾跨海大桥，就要在这块滩涂上正式奠基了，这里现在已经成为世界注目的焦点，我们岂能错过？"

但是，由于大桥指挥部考虑到实际接待能力，一开始只发出了80张请柬，没想到记者们热情高涨，不请自来，负责宣传的副总指挥金建明一下子被没有采访证的记者团团围住。

金建明忙得满头大汗，使尽浑身解数，这才终于让到场的所有记者都能如愿以偿，进入下午的新闻发布现场。

奠基典礼的现场离大桥南桥墩不足100米。这里原来是气垫船停靠的码头，此刻，码头上用钢构件搭建了一个巨大的主席台。

为了预防下雨，指挥部在主席台上搭建了巨大的雨篷，主席台后面竖立着一幅印有蓝色跨海大桥的巨大图片，桥的一头连着宁波，一头连着上海，标志着嘉兴的红船显眼地屹立在海岸边。

面对主席台的场地前沿，早已挖好了一个坑，坑里矗立着一块象征着喜庆祥瑞的青铜奠基碑。

人们此刻注意到，这座泛着青紫铜色的、重500公斤的奠基碑被红绸包裹着，旁边放着29把扎着彩带的铁锹。

自古以来，在国内外一些重大建筑项目的奠基仪式上，绝大多数都设有奠基碑。

许多敏感的记者立即发现，这次的奠基碑却有些与众不同。它一改传统的石质碑石材料，首次采用了青铜材料作为奠基碑，随着时间的推移，必将成为一件极具收藏价值的文物。

在奠基碑的后面排列着一排排椅子，分别标着贵宾席和记者席。

在椅子的后面就是一个个建设者的方阵了。建设者们一个个精神饱满，喜气洋洋。他们戴着同一种样式的头盔，统一着装，从不同的颜色上可以清楚地区分每一个方阵代表着不同的建设单位。

现场上空飘扬着大大的彩球,渲染出一派喜庆的气氛。

主席台上共有中央、省、市领导150余位,在场的还有2000多位嘉宾。

14时40分,大桥奠基仪式正式开始。

10排礼炮升空,千余只信鸽放飞,全场一片欢腾。

首先是大桥总指挥王勇致辞。

15时10分,中央和省、市领导人来到奠基碑前,拿起了铁锹。李铁映郑重地走上前去,为奠基碑揭幕。

众多记者蜂拥上前,将他们团团围住,争相捕捉这一历史性的时刻。

打下跨海大桥第一根钢管

2003年6月8日，建设者们在大桥开工奠基典礼当日，第一根钻孔灌注桩在南岸滩涂区开始施工。

2003年10月28日，北岸引桥工程开工。

2003年10月31日，全长9.78公里的南岸钢栈桥动工修建，桥宽7米，共用钢材5万吨。

指挥部副总指挥、总工程师吕忠达负责大桥施工建设。

开工前，王勇在大桥指挥部移师大桥南岸时，在动员报告中说：

历史选择了我们，我们正在创造历史；历史不会忘记我们，我们不留历史的遗憾。

世界各家媒体反复报道过一组数字：

杭州湾跨海大桥将起自乍浦港以西6公里的郑家埭，跨越杭州湾宽阔的海面于南面滩涂，止于慈溪水路湾，全长36公里，其中桥长35.673公里。

杭州湾跨海大桥按双向六车道高速公路设

计，设计时速为 100 公里每小时，大桥设南北两个航道，其中北航道桥为主跨 440 米的钻石型双塔双索面钢梁斜拉桥，通航标准 3.5 万吨；南航道为主跨 318 米的 A 型单塔双索面钢箱梁斜拉桥。通航标准 3000 吨。

大家通过这组数据知道，要完成 36 公里长的跨海大桥，要做 628 个桥墩，要打 8900 多根桥桩，需要混凝土 245 万多立方米，需要各类钢材 82 万吨。

首先是要打下 5474 根超长钢管。

2003 年 11 月 14 日，中港二航局在杭州湾跨海大桥工程打下第一根钢管桩。

两个月前，第一批大直径超长钢管桩在三鼎新厂房下线。但是意想不到的事情发生了。

当时超长钢管采用的是内外螺旋焊接法，经过超声波探测，这种焊接法存在严重的质量问题，得一一加以人工修补。令人头疼的是，卷制一根这样的钢管桩仅用 8 个小时，而人工修补这些问题则要花整整 27 天！

共有 34 根这样的"问题桩"，堆满了整个厂房。眼看着大桥开工日期越来越近，大家几乎到了绝望的地步。

公司总经理郑海洪当时急坏了，他一天到晚说的、想的都是"桩、桩、桩"。

王勇与吕忠达都亲自赶到那里坐镇指挥。因为如果造不出合格的钢管桩，还造什么大桥？这成了大桥建设中一个新的关键点。

最后,三鼎公司向大桥指挥部立了军令状,保证在一个月内解决焊接质量问题,生产出合格的钢管桩,绝不延误大桥开工。

最后,他们借助一种叫埋弧自动焊的工艺,彻底解决了焊接质量问题,焊接一次合格率达到99%以上。生产速度也从原来的每天3根到5根提高到12根,充分保证了大桥工程的进度。

当第一台设备调试成功时,已是22时了,大家都高兴得不得了。

为了解决海底沼气这一难题,王勇带人千里迢迢去国外取经。

他们到了曼哈顿,请来了三家公司,两家是美国的,一家是英国的,那都是些有着上百年造桥历史的跨国大公司。当年,茅以升建造钱塘江大桥时,还向他们咨询过问题,至今这张咨询过的图纸他们还挂在墙上,证明着该公司的光荣历史。

没想到,这三家跨国公司胃口都很大,在得到中国要建造杭州湾跨海大桥的信息后,早就串联在一起想来个"设计施工总承包"。他们认为只有他们才有能力建造这样的大桥,只等着中国人上门求助。

王勇向他们请教了五个问题,其中就有海底沼气问题。

王勇问:"你们碰到过这种情况吗?你们是怎么解

决的？"

结果，这几家公司哑口无言，因为他们没有碰到过。

但他们仍然自负地说："如果项目给我们干，沼气问题自然会有办法解决。"

但王勇当时想到，杭州湾跨海大桥一定要由中国人自己造，而且要造成中国的品牌！这是许多人心中的梦想。

于是王勇带着考察人员回到国内，他们苦苦思索着这个难题。

后来，经人指点，大家突然想到这个桥梁专家眼中的难题，在石油开采专家面前却是家常便饭呀！他们不是天天都在碰到这种问题吗？

果然不出所料，石油开采专家们很快提出了一个解决方案。海底沼气被彻底降伏，大桥的施工终于得以顺利进行。

然后是更为重要的防腐问题，他们研究出了高性能复合涂料，复合涂层工艺和装备也准备就绪，三层熔融结合环氧粉末涂装在国内首次使用。经过反复测试，钢管桩防腐完全符合大桥 100 年使用寿命的要求。

11 月 14 日下午，吃过饭，趁着平潮的时间，吕忠达坐着交通船先上了中港二航局的"船工桩 7 号"打桩船。

大家选定的位置是中引桥 C28 号桥墩所在位置，首选这个位置是因为这里能避开杭州湾上船舶航行较多的通航道，少受干扰。同时，这里的水流相对平稳，风浪较小，打起来成功的把握大。

王勇则带着其他的副总指挥坐在气垫船上。

此时，那根长达73米的超长钢管桩已经静静地吊在87米高的桩架上。

指挥打桩的是二航局局长助理吴维忠，那一天他显得既兴奋又紧张。虽然抢了头功，但毕竟从没打过这样的桩，吴维忠心里还是有点儿发慌。

但吴维忠又想到，他的打桩船是目前国内最先进的打桩船，光那个柴油锤的造价就值1000多万元，锤击能量可达到42吨每米。海上作业，比拼的就是设备。

可是，也许是天太黑，也许是第一次操作，大家都有点儿紧张，包着钢桩的钢箍怎么也解不开了，这本来是件很容易的事呀！

大家再仔细一检查，原来这根钢管桩比他们过去打过的桩都要大，连他们的抱桩机都抱不过来了。大家也没经验，没想到将位置挪一挪，还是按老规矩包抄过去。结果，人站在上面，手怎么也够不着那个箍。

但现在一时也无法将抱桩机重新定位，两个工人爬在上面费力地解着，这可不是平时爬树，那座高达87米的桩架活像是比萨斜塔，工人解了一个多小时还是解不开。风这么大，两个人长时间挂在上面下不来，那情景实在太危险了。

两个工人费了九牛二虎之力，最后好不容易将钢箍解开了。

大家赶紧开始打桩。然而，刚打了几锤，锤子就不会动了，无论你怎么弄，这个锤子都纹丝不动。

大家赶紧又检查所有的工序，原来是电脑的一个控制系统出了问题。电脑操作人员赶快想办法排除。

当打桩声正常地响起来时，吕忠达一看表，已经过19时了。

吕忠达赶快掏出手机给王勇打电话，他知道最急切地等待着这个消息的是王勇。吕忠达对王勇还是原来的称呼："王市长，打桩开始了，一切顺利，你听……"

他将手机高高举起，让手机对着打桩机，让均匀有力的打桩声通过电波传过去。

正在坐立不安的王勇拿着手机，迅速地奔到外面的院子。

"听到了！"王勇激动得连说话的声音都有点变了，"听到了，是的，我听得很清楚。"

吕忠达听到，王勇从手机里传来的声音哽咽了！

21时，第一根桩终于顺利打入海中，当筋疲力尽的吕忠达带着人回到岸上时，脸色发白，手脚冰凉，人都差不多冻僵了。这时已经是22时了。

指挥部里灯火通明，所有的人都在食堂等着他们一起吃晚饭。方夏平端了满满的一杯白酒走到他面前，只说了简短的一个字："喝！"

吕忠达二话不说，接过酒杯，咕咚咕咚一口气喝了下去。

林国雄进行大桥优化设计

2004年，初步设计虽然顺利通过，但是必须进一步优化设计，这是任何一个工程都必须走的步骤。

为此，大桥指挥部请来了林国雄总工程师。

林国雄原来是大桥局赫赫有名的总工程师，教授级高级工程师、博士生导师，无数国内著名的桥梁设计都经过他的手。

林国雄有着丰富的经验，更难得的是他为人正直，敢于实事求是。他那年刚从岗位退下，出国去了一年，然后就被请到宁波解决招宝山大桥合不拢的旷世难题，那时就与吕忠达在一起共过事。

也许正是这个原因，当吕忠达到杭州湾跨海大桥任副总指挥时，就将他也请到了这里。

林国雄也知道，优化设计是得罪人的活儿，风险也很大，但他却义不容辞地担当了下来。在大桥建设的前3年中，林国雄成了吕忠达最默契、最得力的技术顾问。

第一大变更是："A"字型还是钻石型？

大桥的初步设计中有点追求形式美，整个造型很漂亮，雄伟壮观。

譬如说，南北航道的塔，原来设计成"A"字型，"A"字型的建筑中间不拐弯，高耸、挺拔、雄伟、刚劲，而且象征着长三角的经济发展。这很符合设计理念。

但是，林国雄经过反复琢磨，觉得代价太大了，如果北航道以"A"字型下来，它的基础台面就要达到长100米，宽38米，相当于一个足球场大小了，花钱多不说，做这样大的基础台面，施工人员就必须在海面很恶劣的环境中干活儿，风险也很大。

如果改成钻石型，也就是说，让中间拐个弯，下面就小了，大大减少了承台面积，避免了风险。

然而，林国雄明白，这个设计改动可不是光在纸上画一条线就行了。

当时，杭州湾跨海大桥已经开动了所有宣传机器，到处的招贴画上面都是高耸入云的"A"字型，人们都已经接受了这种形态的桥型。这时的修改可不是技术问题，而是形象问题、社会问题了。当时许多人坚决反对。

问题是林国雄提出来的，他也下不了决心，于是林国雄将方案提交给吕忠达。

吕忠达果断拍板："改！对外不要宣传，不声不响地改吧。"

于是，北航道的塔型就在"不声不响"中改成了，南航道由于大多数是在浅水区施工，塔型照旧。

第二大变更：高墩区箱梁的长度是多少？

高墩区就是造南北航道桥时用的引桥。原来它的设计是80米跨度的连续箱梁，设计者考虑到美观，前面的梁是70米，后面的是400米，中间最好有个视觉过渡，于是来了个 80 米。

但林国雄发现，这样一来，美观倒是美观了，问题却也随之而来。这个高墩区加起来竟然有 3 公里之长，而且全得在海上作业，风险大，工期长，质量没有保证，安全有问题。

林国雄又向吕忠达提出了这个问题。

吕忠达思考了半天，问："干脆由 70 米箱梁到头，不要 80 米了行不行？"

林国雄于是参考了国内外很多资料，发现 70 米和 80 米没有多大的差别，这 10 米之差在茫茫大海中根本不会有多大美学上的意义。

现在这样一改动，70 米箱梁在海盐的预制厂里原来就在大批制造，多做几块就是了；又省钱，又安全，又快，真可谓一举三得。

第三大变更：在有条件的地方，尽量用打入桩基础代替钻孔桩基础。

林国雄明白，在杭州湾施工，尽量减少海上作业是个不可动摇的前提，陆上钻孔桩在国内是很成熟的，连农民稍加点拨都能做，但是，现在是海上施工，风险很大，而且不容易控制资金与进度。

林国雄将设计中能改成打入桩的地方都改了。他这图纸上的寥寥几笔，不知省去了多少麻烦、节省了多少钱！

第四大变更：桥墩是预制还是现浇？

杭州湾跨海大桥工程在海上有引桥墩 474 个，要做好这些桥墩，一种方法是一个个在海上现浇，一种是陆上预制，做好后一个个地端过去安上。

当然，后者很简便，风险也小，价钱也便宜。在陆上做好了，吊过去直接安上就行了。

但是美国著名的桥梁专家邓文忠提出反对，因为美国已经实施过这样的方案，结果发现预制的桥墩与下面的连接处会有接口，以后海水渗进去会腐蚀大桥，影响100 年的寿命。所以，他建议现浇。

按照邓文忠的说法，可靠性强。但是，施工时工点很分散，设备投入不行，工期更得延长。

这次，林国雄极力主张采用预制方案。他认为，美国人没有解决的问题，我们能解决。

林国雄还说，这并不是说我们比美国人能，而是因为他们是第一次做，还没有注意到这个问题。科学上，只有不被发现的问题，没有不能被解决的问题。

所以，林国雄说，提出问题的人比解决问题的人伟大。美国人既然将问题提出来了，我们就可以避免它。

后来，这个抗腐问题也被很快解决了。

第五大变更：承台标高应多高？

承台标高就是桥墩露出水面的部分。设计人员从美观出发，一般都希望承台不要太多地露出水面，这样好看些。

据说东海大桥的承台标高比较高，露出水面。当时有一位领导去视察，看了后咕哝了一句：真难看。一些技术人员因此有些担忧。

听了这些传言，吕忠达与林国雄特意去东海大桥看了一下，觉得这个设计虽然美观上差一点，但倒是很有道理。

杭州湾跨海大桥的承台标高原来设计为+2.0米，这样好看倒是好看了，承台不会露出水面。但杭州湾的潮水比哪里的都大，那潮水一天到晚平平的就已经是+2.0米了。也就是说，承台会始终被淹没在水中，那还怎么施工？

而且林国雄说："现在我们是用围堰法施工，如果按照+2.0米的设计去做，工人就要到水下作业了。那可是又花钱又不安全的事儿。"

最后林国雄决定：承台标高为+3.0米。

就林国雄这么一改，至少值几千万。后来林国雄跑到东京去，特意留意了东京大桥的承台，这个城市的桥的承台也都露在水面呢！

林国雄也算不清楚，他这一连串的优化究竟节省了多少钱。他把一大堆表格带回去请吕忠达算。

林国雄反复说："吕指挥一看就会算出来的。"

林国雄又说："我没做什么呀！只不过是给吕指挥做做参谋，真正挑担子的是他，如果他优柔寡断，怕挑担子，什么也干不成。"

林国雄由于过度劳累，虚火上升，他的嘴角总是烂着的。

有一次，外国的一家电视台来杭州湾跨海大桥拍纪录片，想采访林国雄，林国雄幽默地指着自己的嘴角说："你看我这个样子能上电视吗？"

那天，林国雄检查了一个工程的进度后从海上回来，交通船靠岸时恰逢大潮，交通船随着潮水起伏很不稳定，林国雄正要上岸，不料一脚踏空，扑通一声掉进了大海。

幸亏林国雄当时穿着救生衣，脑子也还算清醒，立即浮了起来，船上的人急中生智，将救生绳子与竹篙一齐抛给他，七手八脚将他拖了上来。这实在太危险了，如果一旦被潮水吸入船底，天王老子也救不了他！

大桥指挥部的领导们火速赶来了，同事们也迅速赶来了。

人人都为此捏了一把汗，有人庆幸地说："林总人好呀，为大桥作出那么大的贡献，好人有好报。"

林国雄受了惊吓后，身体每况愈下，他不得不忍痛放下心爱的工作，告病回家休养。

但林国雄怕自己再也回不了杭州湾工作，一向认真的他给总指挥写了一封辞职信。

很快，林国雄收到了王勇批转的信：

您是我们的有功之臣，大桥永远不会忘记您，在大桥建成之前，您始终是我们大桥的人！

大桥发展公司召开股东会

2004年3月30日,杭州湾跨海大桥发展公司召开了第四次股东会暨一届五次董事会。

会议是在杭州乐园的水上会议中心召开的,东道主是宋城集团。

会议开始之前,董事们已陆续到来,喜欢亲近水的人是从水上坐游艇过来的,爱好绿色的人则是环湖半小时散步过来的。

大厅的一侧放着12幅关于海中平台的图片,这将是这次会议的内容之一。许多董事都很感兴趣,围绕在那些图片面前议论着:

"停车场要多少?500辆。"

"不够,要1000辆才行。"

"投资要追加多少?一个亿?"

"不够!起码要三个亿。"

直到金建明宣布会议开始,这场热烈的讨论才结束。

早在2001年,当宁波要造杭州湾跨海大桥时,雅戈尔率先热情地找上门来,向张蔚文提出要求入股。

而且,就在2001年的7月,雅戈尔很快将第一笔资金打入账号。

知青出身的李如成是雅戈尔的老总,他被称为"令人尊敬的中国男人"。他用两万元知青费起家，在用旧桌子、剪子、小板凳拼凑起来的戏台地下室，让服装硬是走出了一条国际化的路子。李如成的企业自有资产已超过30个亿，是国际知名品牌之一。连一向清高的"老谋子"张艺谋都亲自为他拍过电视文化宣传片，称他为"神剪雅戈尔叔叔"。

但是，不久雅戈尔就变卦了。在打入第一笔资金后不久，李如成又多次找了有关领导，提出大桥投资能不能由雅戈尔控股，还要求有冠名权，希望将杭州湾跨海大桥命名为雅戈尔大桥。

雅戈尔要在全世界打个大广告，而且是个永久性的百年大广告。无疑，雅戈尔此举给宁波市领导出了个不大不小的难题。

杭州湾跨海大桥的投资由好几块组成，既有民营，也有国企。民营投资虽然占的比例不少，但真正占主导地位的还是国企。

其实，这两个要求当初雅戈尔在入股时就曾向张蔚文提出过，但当时就被张蔚文否决了。

张蔚文明确地告诉李如成，这与雅戈尔体育馆、雅戈尔大道不一样，不能冠名也不能控股，国家重点的大型基础建设项目必须由政府控股。

雅戈尔在与政府商谈未果的情况下，选择了撤退。

2002年3月，就在第二次股东会之前，李如成正式向王勇及金建明提出：雅戈尔公司投资经营决策调整，如果项目不是由雅戈尔控股，要收回投资。或者，已经投入的就不再追究了，其他的不再增加。

大桥指挥部很快同意了。

时隔半年，雅戈尔从轰轰烈烈的拥有 45% 股权的最大股东退步而成为持股 4.5% 的最小股东。

雅戈尔转让给以方太集团茅理翔为代表的慈溪兴桥投资公司 3.7%，给以罗立国为代表的慈溪天一公司 7.41%，给以更大集团为代表的余姚杭州湾跨海大桥投资有限公司 3.7%，以海通为首的慈溪建桥公司又接盘了 12.83%。

浙江的著名民营企业宋城集团持股 17.3%。

因此，2003 年 6 月，当大桥奠基时，宋城集团成为持股最多的民营企业。

第一次股权变更，没有给宁波投资公司的总经理金建明带来太大困难，相反，金建明很快就作出了调整，他说："原因之一，我旗下的宁波交通投资公司很有实力，随时可以接盘；其二，民间资本很活跃，当时有许多人看好大桥这个项目，那段日子，有很多人前来洽谈，北京、广州、香港等，而且，宁波的余姚、慈溪经济发展很好，有不少企业都表示想投资大桥。"

事实的确像金建明说的那样，许多民营企业一直盯着大桥建设项目。

早就有人开玩笑地说过："杭州湾跨海大桥是张名片呀！这是无形资产，民企老板能够在名片上印上它，就是很大的广告。"

慈溪就有一家企业老板说：

> 就因为我是杭州湾跨海大桥的股东，已经谈成了好几笔大生意，人家一听我是大桥的股东，二话不说就签约。大桥有信任度嘛！

2004年3月30日的大桥发展第四次股东会上，金建明不是以副总指挥的名义参会，而是以宁波市杭州湾跨海大桥发展有限公司总经理的名义参会。

金建明端坐在主席台上，首先是他做工作报告。金建明一边说，一边放录像，让所有在场的人都对2003年的工作及2004年的打算一目了然。

接着是公司副总经理兼财务处长严宏军做了一大串关于财务方面的说明。

股东们一个个聚精会神地听着，或看文件，或看录像，不时记录几笔，有时还悄声交换几句。

接下来是股东发言。

第一个发言的是大股东虞顺德，他首先提出了一个很重要的问题：在建设之初，成立了两家公司，现在，还有必要保持这种运行模式吗？能否将两家公司合二为一？

方太集团的代表立即对虞顺德的建议表示赞成："资本运作要成立一个部门，最合适的是一个声音对外。公司的合并最好能在今年底、明年初完成。"

宋城集团老总黄巧灵关心的是海中平台的建设，他提出的设想顿时引起许多股东的兴趣。

慈溪建桥集团是由5个股东组成的，他们的代表陈龙海关注的热点是，投资时间能否缩短？资金是否会超支？海中平台的投入与回报的比例将是多少？

嘉兴的代表最后发言，对几个报告表示同意。

王勇最后回答股东提出的问题，他说："我想讲两句话。第一句话，去年11月14日，大桥打下了第一根桩，这是股东们共同努力的结果。大家的资金在并不宽裕的情况下全部到位，完成了两次增资扩股工作。这一投资模式打破了新中国成立以来我国重大基础设施建设中的模式。对此，向各位股东董事、监事表示衷心的感谢。

"第二句话，请各位股东放心，大桥指挥部将以高度负责的态度，将大桥建设好，我们要将对国家、人民、股东的负责一致，要确保资金安全。我们已经规定，一律不对外担保，银行开户要经过集体讨论，对所有工程监管的资金运作决不拖欠，每季对资金进行内部审计。"

股东们听到这里，一个个面露微笑。因为他们最关心的是资金安全，他们满意的是：大桥的资金运作至今，已节省了7个亿。

王勇接着说："当然，大家都希望施工时间要缩短，交通部批的是5年，然而，5年是什么概念？根据杭州湾的气候条件，每年只能施工180天！

"还有许多技术难关需要攻克,杭州湾的海底出乎意料的复杂,这里打桩,那里的天然气就冒出来了,这可是世界造桥史上没有碰到过的大难题。现在,只能是一边打桩,一边放气。

"还有,2200吨的梁要架上去,这么大的吊装船还没地方造呢,就在开会前一天还在与浙江船厂协商呢,人家说没电我怎么造,我们的副市长余红艺保证:我给电。但是,我现在不能说提早一年或半年,这拍胸是吹牛。我心中的目标是2008年奥运会开幕之前。"

在座的股东又一次频频点头。因为他们都是实业家,都知道做事的艰难,能提前半年,已经很不错了。

王勇接下来回答概算会不会超支的问题,他说得更坦率:"我们国家是第一次造这样的大桥,概算中的参数是不够正确的。譬如架这个梁,是前所未有的,谁能预先估算正确?譬如打桩,一般的长江上的大桥桩与杭州湾跨海大桥桩就不一样。

"由于杭州湾自然条件不同,动用的船舶设备也不一样。现在我们定的设备施工的定额是套用长江上的定额,真正在海上施工的定额是多少谁也不知道。还有价格因素,这几年,材料涨了,钢材、水泥都在涨,因此,正确的概算还无法定下来。我们现在是要打响这个'世界第一'的品牌,用它生钱。"

最后王勇说到海中平台,他说:"我本人认为,坚决要搞,因为类似的大桥还会有,但类似的海中平台不会有了。建成后有没有效益？我认为，越是搞得高级，越是有效益。

"我有三个方案，一是所有的股东共同投资，重新立项，收益共同回报。二是如果股东不一致，先由内部组成新的公司投资管理。三是所有股东反对的话，向社会征求投资方。"

说到这里，王勇笑着补充了一句："如果我有钱，我肯定投。"

王勇这句话将全场逗笑了，也将七上八下的心全拢起来了。

会议结束时，王勇大声说："一旦开工，没有回头箭，各位股东，资本金可要及时到位。"

绍兴大桥再次引起风波

2005年3月1日，新华网浙江频道发表了一篇署名为翟宇的文章，题目是触目惊心的：

谁动了杭州湾跨海大桥的奶酪？

文章的第一句话就说：

作为杭州湾跨海大桥工程指挥部的总指挥，王勇怎么也没想到这座总投资预算107亿元（后追加到118亿元）的大桥开工未满两年，在相隔仅50公里左右的绍兴市上虞沽渚，绍兴杭州湾跨海大桥已在加紧准备之中。

文章接下来又说：

绍兴通道一旦开工，将构成与杭州湾跨海大桥"分利"的格局，此前，杭州湾跨海大桥预定的每年10%的收益率将大打折扣。

其实，王勇从接任大桥总指挥的那一天起，他就早有思想准备。

这个沽渚大桥并不是今天才从水里冒出来的,杭州湾跨海大桥开工前10年,拉锯似的,不就是在争论这两座大桥谁先上、谁后上吗?

王勇意识到,现在,这只是前一场讨论的继续,不过是更为理性、更为现实的一场讨论。

王勇看到报纸后,他没有特意去向市长汇报,而是在一次开会时,顺便将这份报纸带了过去。

毛光烈市长一看报纸就笑了起来,他对王勇说:"我们早就看到了,不告诉你,是怕你紧张。"

王勇也笑了,他说:"我不紧张。"

但是,媒体的影响有时大得出人意料。很快,在社会上就传出了种种猜测。

有人忧虑,绍兴大桥要先上,车流量要各分一半,我们大桥的效益不好了。

有人放冷风,大桥没戏,民营资本要撤资了。

也有人趁机说大话,大桥由政府控股,办事不透明,浪费大,他花一个亿办的事,我8000万就能拿下。

随即,网上及有关媒体传出消息,说绍兴通道将在2008年先于杭州湾跨海大桥建成。

3月31日《浙江日报》报道:"2005年绍兴市将175亿元投向嘉绍高速公路等一批重点工程项目。"

然后,几乎同时,由省交科院上报的绍兴通道的工可报告中,一个预测在迅速传开:到2008年,杭州湾跨海大桥、绍兴通道的车流量将分流各半左右。

按照他们这个算法，到2008年，杭州湾跨海大桥的车流量从原"工可"测算的4.8万辆将降到2.8万辆。

媒体的报道及权威部门的报告在人们心里产生了不小的冲击。

当时，最大的民营投资商宋城集团的资本金除了刚开始接盘时打入的5000万元外，再也没有注入新的资金。2004年下半年应该到位的9000万资本金，经大桥投资公司再三催促也没有到位。他们明确向大桥指挥部提出撤资。

当年，宋城集团是以欣喜的心情投资杭州湾跨海大桥的。

当宋城集团在参与投资建设大桥的17家民营企业中，以17.3%的股份夺得控股权时，董事长黄巧灵兴奋地向媒体坦言，他有两个没想到：一是没想到宁波市政府让民间资本进入国家重特大型基础建设工程的魄力这么大；二是没想到能让一家外地企业在股权中占了龙头地位。

现在，他们很快又作出了撤资的决定，其原因是多方面的：

首先是大环境有了变化。宋城集团作为一家以房地产为主的民营企业，在国家宏观调控的形势下，银根抽紧，与许多房产公司一样，宋城集团的资金周转发生了困难。

其二，就在宋城集团接过雅戈尔撤出的大桥股份后不久，他们的一条豪华游轮"奥丽安娜"号在大连遭遇台风沉没，迟迟没能理赔，经济损失不少。

其三，杭州市政府主办的2006年世界休闲博览会的重头戏压在了他们肩上，许多由他们完成的配套工程更是一笔数额巨大的投资。

宋城集团虽然囤有不少土地，但是土地不能一下兑现，远水救不了近火。

现在，宋城集团面临世界休闲博览会和杭州湾跨海大桥这两个项目，他们只能忍痛放弃一个。

宋城集团毕竟是以旅游业起家的，它必然选择保留世界休闲博览会。

宋城集团负责大桥项目投资的副总裁张娴在接受新华社记者电话采访时，曾用"忍痛割爱"4个字表达了放弃杭州湾跨海大桥股权时的心情。

张娴说："宋城是世界休博会主会场的主要承建单位。为了迎接2006年在杭州举行的世界休闲博览会，总投资高达35个亿。杭州湾跨海大桥和休博会都是好项目，对于企业而言都难以割舍。在资金有限的前提下，两相权衡，舍弃一方就成了不得已的选择。"

宋城集团的退资引发了一场大风暴。

国内外新闻媒体对此大张旗鼓地进行了报道。最敏感的当然是另外几家民营股东，不管出于什么想法，不约而同，他们都在2005年选择了不再增加新资本金。

银行这几年也被不良投资吓坏了，一有波澜就紧张，现在听说绍兴通道要上，又听说宋城集团要撤资，他们也都害怕了起来。

有一家银行以去年的资本金没到位为由，宣布停止给大桥继续贷款。

银行出的难题让金建明措手不及，这位管融资的副总指挥一时焦虑万分。

金建明知道，政府在民资进入大型基础性工程项目建设中想作出探索，他也一心希望走出一条路子来，至少，目前从全国、全省来说，杭州湾跨海大桥的资金运作模式还是第一块"试验田"。

金建明曾经对媒体说："我是政府官员，也是民营企业的打工者。既然17家民企股东委托我们经营，我们就要确保投资者的利益。"

金建明感到压力太大了，甚至让他措手不及。当时各家银行仅贷了6个亿，按比例，还有14个亿要到位，却被喊"暂停"。

金建明突然发现，如果这个情况不能立即解决，他就要向建设大桥的工程队打白条了。而在指挥部与各施工单位签订的合同中，拖欠工程款是不允许的，它的后果不是赔款就是大桥停工！

这么大的工程，当时银行存款只有2000万元，可用资金更少，而且，这些资金都分布在七八家银行，要紧急调集都是一个难题。现在大桥一个月就要花3个亿，如果资金接不上，全线停工，后果不堪设想。

这时，大家才意识到问题的严重性。

金建明赶紧将重点放在外出考察紧急寻找新的投资方上。既然宋城集团要撤资，总得有接盘的单位，当务之急必须首先对那些有意向的单位进行了解。

那段日子，让金建明头痛的还有媒体。全国各地让金建明头痛的文章排山倒海而来，他的手机随时会被意想不到的记者拨通，金建明只得小心翼翼地应对。

那时，大桥指挥部的严宏军忙得掉了好几斤肉。他是杭州湾跨海大桥工程指挥部财务处长，兼杭州湾跨海大桥发展有限公司副总经理。

当这场宋城集团撤资引发的银行停贷风暴来临时，严宏军大概是最冷静的一个人。严宏军明白，自己作为财务处长，有事必须冷静对待，只有冷静才能为领导做好参谋。

很快，严宏军提出了一连串的救急方案，同时利用自己的好人缘，获得了多家银行的支持。

当民生银行宁波分行慷慨地开出了7亿元票据业务时，上上下下都松了一口气，资金运转不灵的矛盾缓解了。至少，金建明不用给工程队打白条了。

大桥的融资困境，也引起了市委、市政府的高度重视。3月中旬，市委、市政府连续几次召开会议进行讨论，提出了如下意见：

在大桥项目逐年增扩的资金中，民间资本的份额有增有减,这很正常,也很客观。如果有人提出要减持,充分表示理解。民间资本减了,先由国有资本接盘。如果以后民营资本又增了,国有资本再减。

国有资本接盘,这是一个万不得已的做法,面对民间资本的集体撤退,当务之急是要澄清事实,稳定军心。

整整一个月,大桥指挥部组织专家开展调研,详细测算绍兴通道建成后对杭州湾跨海大桥的影响。数据和材料在桌子上堆了足足半尺高。

在4月份的董事会上,王勇亲自公布了调研结论:绍兴通道建成后,对大桥交通会有一定分流,但影响不大。

王勇是这样说的:其一,按正常审批程序,绍兴通道比杭州湾大桥要迟几年才能投入使用,杭州湾大桥已经抓住了这个时间差;其二,目前杭州湾地区车流量增速惊人,几年后,单凭一个杭州湾跨海大桥,通行能力独木难撑,绍兴通道的建成正好为大桥减轻压力。

会场上响起了热烈的掌声,股东们对大桥的信心被重新点燃。

另一方面,大桥指挥部通过各种渠道发布信息,在全国范围物色新的投资商。

不久,一个振奋人心的消息传来,一家来自北京的大型企业集团中国中钢集团公司决定顶替宋城集团,投资杭州湾跨海大桥。

中钢集团的介入,为杭州湾跨海大桥融资危机画上了句号，也让大桥"民资控股"的背景成为历史。

经过调整，在大桥资本金中，国有资本占到了70.62%，一度占据绝对优势的民间资本，则下降到了29.38%。

出乎意料的是，中钢的进入引发了一波更大的民资投资热。先是宁波一家民营企业找到大桥指挥部，愿意拿出3亿元资金入股，但问遍各家股东，没有一家愿意出让股权；广东一家大企业也找到市领导，表示大桥有多少空缺的股份，他们愿意全部接盘。

金建明说："虽然中途有过挫折甚至危机，但是我们当初对民间资本的选择没有错。"

2004年7月，国务院下发了《关于投资体制改革的决定》，将企业投资项目由审批制改为核准制和备案制，放宽社会资本的投资领域，允许社会资本进入法律法规未禁入的基础设施、公用事业及其他行业和领域。

金建明还说："随着投融资体制改革的推进，国家对基础产业已'打开门户'，我们还有什么理由不对各种资本一视同仁？既然大桥建设是市场行为，我们要做的，就是按市场规律办事。"

杭州湾大桥开始桥梁架设

2005年6月2日,负责施工的中铁大桥局运用大型运架梁船将第一片70米长的箱梁运抵预定海域,并将该箱梁精确地安放在了桥墩上。

该箱梁单片重达2200吨,是国内同类结构桥梁中的"梁王",首片箱梁的架设也标志着杭州湾跨海大桥上部结构全面施工的开始。

当时,工地上传颂着一首抓技术生产的王发先副经理做的《杭州湾跨海大桥70米箱梁文明施工歌》,大家唱道:

制梁模板整体化,拼装螺栓要拧紧。
清理打磨锈除净,尺寸优良线形美。
钢筋碰焊先除锈,上机夹紧对准线。
闪光八秒慢挤压,下机清渣锤除刺。
钢筋成型做胎具,间距准确少误差。
对角绑扎不漏扣,垫块间距七百五。
整体吊装点拴牢,起高五尺清残渣。
……

创造了这一奇迹的中铁大桥局,早在20世纪50年代初，就建设了武汉长江大桥，毛泽东为此写下了"一桥飞架南北，天堑变通途"的诗句。

后来，他们又建造了南京长江大桥、九江长江大桥、武汉长江二桥、芜湖长江大桥、湖北宜昌夷陵长江大桥、重庆大佛寺长江大桥等。

有人对他们说："几乎长江上的桥，都给你们大桥局包了。"

中铁大桥局在杭州湾跨海大桥工程中，承包了大约五分之一的15.7亿的工程。

他们碰到的第一个难题，就是如何将这个70米长的箱梁架到海上去。

这架箱梁长70米，高4米，宽16米，重达2200吨。有人说："光是这个箱子就相当于一个电影院了。"

当时运输箱梁的船采用的是拥有国内第一台2400吨液压悬挂轮轨式台车和国内最大的2500吨"小天鹅"号运架一体船。

中铁局感到，架设这个超大箱梁时，还有三个大难题：

首先是海工混凝土裂纹控制。为了达到百年使用寿命这一要求，中铁大桥局早在向杭州湾跨海大桥投标前就开始了海工混凝土的配合比试验。他们还成立了预应力张拉、箱梁养护等多个攻关小组，逐项攻坚。

他们遇到的第二个难题是，如何将这么大体积、大重量的箱梁，使它在场内纵横自如地移动。

大桥局第八标项目部副书记廖炎光说:"我们每天都造出了一座桥。"

大家都同意廖炎光的说法,因为跨度 50 米、长度 100 米的桥就算是一座大桥了。而他们每天都要造一架 70 米长的箱梁。

为了能将大箱梁自如地移动,大桥局绞尽了脑汁,他们经过成百上千次的试验摸索,不断改进移动方法和移动材料,终于创造了纵移台。

他们遇到的第三个难题是,如何应对恶劣的海域状况。

大桥局决定,既然人力无法掌握杭州湾的潮流规律,那就随着大潮来决定工作时间。他们让船乘着一天中第一次涨潮的时候从码头上吊取一块箱梁,然后抵达离桥墩大约一公里的海面待命,等到第二次涨潮的时候,再靠近桥墩架设箱梁。

因此,工人们都笑着说:"我们的休息时间是随着潮水而定的,一天睡 4 次觉,每次睡两个小时。"

从那天开始,中铁大桥局一公司将开始架设 540 片同类型的"巨梁",构成跨海大桥 18.27 公里的桥身部分。

杭州湾跨海大桥有两个航道桥,南航道桥与北航道桥。两个航道桥共有 90 根钻孔桩,南边 38 根,北边 52 根。这些桩直径达 2.8 米,深度达 125 米。

广东省长大公路工程有限公司中标北岸工程,林文体负责北岸第一线的质量监督。

林文体规定，如果钻孔桩在灌注水泥时断桩，要立即上报，然后马上定下处理方案：或者是重新接一根导管，原来的作废。或者干脆不浇了，过几天重新打掉浮在上面的混凝土，重新操作。

林文体说："这些处理都要当机立断，不得延误！"

但是有一次广东长大发生断桩的时候，由于是在深夜，而且断的位置很不好处理，他们就没有上报，自动选择了放弃。

第二天，林文体发现的时候，已经错过了最好的抢救时机。而且，当时这根桩的旁边连补桩的位置都没有，如果不能及时处理这个问题，将给大桥带来根本性的问题。

吕忠达迅速赶到现场，他看到工地上的情况后，大怒道："为什么没有马上报告？把陈儒发给我叫来！"

陈儒发是该项目负责生产的副经理，他来到现场一看吕忠达的脸色，立时吓得不敢说话了。

吕忠达对陈儒发说："你就给我在这里盯着，不解决这个问题，你就不要回来了。"

陈儒发在那里一蹲就是 4 个月，才算处理掉这根断桩。

广东长大先后试验了多次，还高薪聘请了全国著名的两位专家，研究各种方案。

吕忠达毫不留情，他对长大说："大桥 100 年寿命的标准不能变，大桥设计的外形也不能变。"

最后，他们采取了原桩中处理。2006年10月的一天，他们从8时30分一直到15时，连中午饭都是在海上吃的。这次终于置换成功了，所有的人才算长出了一口气。

在南岸，项目四部经理侯凯负责第一线质量把关。

中铁二局承担的50米箱梁"梁上运梁架梁"创造了世界纪录。

2005年7月28日，杭州湾跨海大桥上彩旗飘扬，气球高悬，"攻坚克难，突破跨海大桥建设的重大难关"等巨大标语引人注目。

全场数百名来宾屏气凝神，目不转睛地盯着建设中的大桥。

此刻，两台50米高的提梁机像巨人一样横跨大桥，矗立在大桥南头。有640只轮胎的运梁车驮负着长50米、重1430吨的整孔箱梁缓缓地走进架桥机中间。步履式架桥机则迅速伸出两条110米长的钢铁巨臂，紧紧地抓住浅海滩涂中的桥墩，将一架50米箱梁稳稳地安放在两个桥墩上。

杭州湾跨海大桥首架50米箱梁架梁成功了。

听到这个消息，正在病中的王勇长长地舒了一口气。因为50米箱梁能否架设成功，意味着大桥建设是否能成功。

当初，为了架设这架箱梁，专家们在会议上讨论过三种施工方案：

第一个方案是移动模架法施工。这在国内已经很成熟了，大约半个月可以做一孔。这个进度太慢了，需要用6套设备开3个点才能如期完成，如果再造一座栈桥，那就要再加几个亿的投资，而且混凝土施工现场会显得很混乱。大家看到经济上不合算，质量上也无法保证，就把这个方案淘汰了。

第二个方案是节段拼装法施工。这个方案是在岸上做小段，然后一小块一小块地兜成麻雀笼，拎到施工地点去。国外专家极力推荐这一方案。

但是大家发现，这个方案也要6天才做一孔，无法保证工期，而且也要造栈桥，经济上不合算。尤其是这样兜起来的麻雀笼放上去后会有缝，让海水一灌、海风一刮，抗腐能力很弱。

在全国桥梁专家李国豪的坚决反对下，大家也淘汰了这个方案。

第三个方案，大家听起来有些异想天开。中铁大桥局的副局长谭国顺说："能不能干脆预先在陆上做好，然后用汽车整体运上去？"

吕忠达立即对谭国顺说："那你们先搞个方案出来，搞得具体一点。"

当时国内没有"梁上运梁架梁"的先例，谭国顺回来以后，光专家会议就开了10多次，他还带着一批人到德国、意大利跑了一大圈，并从北京请了专家来给大家上课。

但是，美国造桥专家邓文忠极力反对，他说："这太冒险了！"

一时各种争论相持不下。

最后王勇站了出来，他拍板采纳了这个异想天开的方案。王勇还在大会上宣称：

采用"梁上运梁架梁"方案，是"智取华山"一条道，只能成功不能失败！

"梁上运梁架梁"的难题终于胜利解决了，"世界第一架"一举成功！

杭州湾大桥战胜台风

2003年9月,当年第十四号台风"鸣蝉"对浙江省的影响逐渐加强。

由于"鸣蝉"的影响,杭州湾跨海大桥的建设不得不于9月11日停工。这是该工程自6月8日奠基以来第一次紧急启动应急预案。

此外,浙江的舟山、宁波、台州、温州等沿海各地也是全面布控,严阵以待战台风。

宁波市防汛抗旱指挥部称,在正常情况下,杭州湾跨海大桥一带的潮位不高,但由于中秋大潮和台风的影响,11日的风浪很大。

宁波市海洋与渔业局海洋预报台称,"鸣蝉"中心浪高10米,外海浪高七八米,沿海一带浪高四五米。

靠近杭州湾跨海大桥一带的镇海站的监测结果表明:由于气压、风力和海浪的影响,天文潮达到4.8米。这对跨海大桥的建设会造成一些影响,比如材料的运输等。

杭州湾跨海大桥指挥部认识到,杭州湾跨海大桥试验段建设工地离陆地达400米,目前共有300多人。由于台风来袭,建设已于昨日上午停工,并紧急启动了防台风、防大潮、防龙卷风的"三防"预案。

参与建设的大部分移动设备已撤回陆地,施工人员也已撤离危险区域。为防止周边群众进入施工区,还封闭了栈桥入口。

由于担心一些设备的迎风面大,能放倒的设备就放倒,不能拆的设备给予加固;住在简易棚里的人员也都进入了安全区。

浙江省气象台称,台风"鸣蝉"的中心风力达 12 级以上,受其影响,宁波沿海地区的风力达 9 至 11 级。9 月 11 日 16 时,"鸣蝉"距宁波只有 500 公里,还在不断北移。

2004 年 7 月 1 日,杭州湾跨海大桥又受到了台风"蒲公英"的影响。

杭州湾跨海大桥位于世界著名的强潮流海域之一,台风、大雾等恶劣气象影响频繁。

施工过程中,共有 200 多艘施工船与日常运行的运输船、渔船频繁交错,给海上施工安全和船舶航行安全带来了极大的难度。但是众多的参建船舶和数以千计的参建人员缺乏这样大规模海上施工的经验,海上安全的需求十分迫切。

浙江海事局和大桥指挥部都把安全放在了首要位置,成立了杭州湾大桥工程水上交通安全监督管理领导小组。

为了安全起见,他们先后制定了船舶审核、安全检查、险情处置、抗台风预案等多项制度。施工开始以后,海事部门还专门配备了两艘海事巡逻艇驻守施工水域,实施现场监管。

杭州湾跨海大桥水域受台风影响频繁，浙江海事局专门制定了抗台风预案，密切关注台风动态，及时发出预警，指导船舶分批撤离，疏导水上交通，巡查撤离情况。

"蒲公英"逼近杭州湾海域时，气象报告与海事管理部门的紧急通知同时被送到大桥安全部经理吕水明的手中。

13时50分，指挥部立即下达了关于启动防台风预案和进入防台风实施阶段的通知。51艘作业船立即停止作业，迅速前往避风锚地。

与此同时，正在澳门考察的王勇不停地打电话询问防台风落实情况。

而正在长兴开会的吕忠达则提早连夜赶回宁波坐镇指挥。

风越刮越猛，暴雨越下越大，吕忠达和吕水明从指挥部往外望去：窗外，天是黑的，地是黑的，海面也是黑的，只有白色的暴雨在黑色的世界里肆虐。

7月4日9时，台风警报解除了。51艘船全部回航，大家清点了一下，没有造成任何损失。

2005年，第五号强台风"海棠"袭来，大桥指挥部立即严阵以待。

7月17日，宁波市通知全市进入三级防台准备。

7月18日，海盐县通知船只进入防台区域。

与此同时，岸上也启动了防台预案，海边的机械、设备、物资迅速向高处转移，车辆撤到了安全区域，所有的房子全部拉上缆绳，栈桥作业区停水停电，施工船只全部到指定区域防避台风。

由于当时风力已经达到 8 级，还有些人无法随船上岸，项目部党工委副书记黄光等 49 个人只好留在了箱梁的内部。

风越来越大，浪越来越高，海水冲击着桥墩发出震耳欲聋的声响，狂风暴雨呼啸着穿过箱梁，大家连站都站不稳。

黄光立即组织人员，首先要找东西把箱梁两头封住，以免海水倒灌进来。

然后，大家检查桥上的设备，将它们都捆绑固定住。

这时，风更大了，而且大家看不到一点要减弱的趋势。人们恐惧地待在海面上，都不敢出去，他们担心：说不定出去就会被风吹走。

黄光安慰大家说："只要人在里面，就没有危险，箱梁是风吹不倒浪打不倒的，你想想，这怎么会呢？如果能让风吹倒，我们还修什么大桥呢？"

听了黄光的话，大家的心才慢慢安定下来。

7 月 21 日，台风警报终于解除了，项目部在第一时间立即派出补给船到海上，但是由于风浪太大，船只得返回。

7 月 22 日，风浪渐渐平息下来，补给船终于将物资运到了海上。

刚过了10余天，8月6日，台风"麦莎"在杭州湾北岸登陆，中心风力高达12级，台风所到之处造成了巨大破坏。

中铁大桥局杭州湾项目部事前采取了积极措施，项目部1000余人安全撤离，无一受伤。

从8月2日晚，中铁大桥局杭州湾项目部就在互联网上密切注视台风"麦莎"的走向。根据预报，"麦莎"路径将直指杭州湾。

项目部果断下达命令：桥上施工人员于8月3日14时30分前全部撤到岸上，所属所有船只迅速离开杭州湾海域到锚地避台。

当晚，桥上施工队立即召开紧急动员会，对撤离工作进行部署，立即连夜加固各种设备和设施，收拾行装，组织撤离。

有人看到桥上千万元的物资设备无人照看，担心损失太大，请求留下几个人照看。项目部坚决予以回绝：全部撤离，一个不留。

23时20分，桥上150多名施工人员撤离完毕。接送完桥上员工的船只驶离杭州湾，前往锚地避台。

3日，已进入外海的2500吨运架船"小天鹅"在前往上海长途港途中突遇大风浪，前进缓慢，如此航速很难在台风7级风半径到来前进入避风港。

项目部在对"小天鹅"的航速、潮汐、风力等各方面因素综合考虑后，果断下令，转赴宁波金塘锚地。

4日凌晨,"小天鹅"号顺利到达金塘锚地,在该锚地水下电缆、光缆非常密集的情况下,项目部以人为本,果断下令抛锚。

6日,由于风力过大,"小天鹅"号走锚300米,项目部立刻下令抛下备用锚,并再次交代:抛锚处虽然水下电缆、光缆密集,但任何财产的损失都比不上人的生命,其他的都可以补救,但人一定要确保安全。

"小天鹅"号终于被稳住了。

与此同时,岸上人员的撤离也一点儿不轻松。中铁大桥局项目部是杭州湾大桥所有施工单位中人员最多的,杭州湾大桥工程指挥部非常重视大桥局员工的撤离工作。

二项目经理部有关领导坐镇中铁大桥局项目部,指挥人员撤离。中铁大桥局项目部与下属各作业队立下军令状,要求所有人员必须于5日14时前无条件撤离。

不少员工是从内地来的,还没有见过台风,看到天气还好,还想再干点活儿,不想撤离。项目部领导带队逐间房排查,逐个劝说,保证了1156名员工一个不漏地撤到安全地方。

在海盐县政府统一部署下,海盐高级中学腾出两栋楼20多间教室供项目部员工使用,1000多名员工的住宿、饮食得到了保证。

这次台风,中铁大桥局杭州湾工地损失惨重,剩下的完好的住房寥寥无几,但所有人员均安然无恙,成功实现了海陆大撤离。

2007年10月6日5时30分,当年第十六号超强台风"罗莎"袭来,在浙江海事局杭州湾大桥工程水上交通安全监督管理办公室的有效监管下,参与杭州湾跨海大桥工程施工的9艘船舶已全部撤离施工水域至舟山避台锚地。

自台风"罗莎"生成后,大桥指挥部就安排专人值班,密切关注台风动态,及时向各项目部发布台风预警信息,并掌握施工船舶动态。

10月5日9时,大桥办向杭州湾大桥工程指挥部发布《防台通知》,宣布施工水域进入三级防台风状态,要求督促各项目部按各自制定的防台预案做好各项准备工作,有非机动船的项目部,要尽快落实拖船到位,确保非机动船随时撤离。

在大桥指挥部的重视下,各项目部准备充分,实施有效,保障了这次大桥水域施工船舶的安全。

浙江海事局有关负责人介绍说:"跨海大桥施工的1400天中,浙江海事局累计出动执法人员10 005人次,实施施工船舶安全检查4580艘次,查处和纠正各类违法、违章行为1235起,消除事故隐患467个。

"施工水域先后遭受'云娜''麦莎'等强台风的袭击和影响共16次,海事部门先后组织撤离施工船舶1129艘次、人员1.77万人次,没有发生一起事故,没有人员伤亡。"

四、大桥贯通与验收通车

● 温家宝说:"这座大桥的建设凝聚了几万名建设者的心血,创造了许多世界第一,无论在设计施工还是技术管理方面都有一流的经验,表明中国人民有志气、有能力做前人没有做过的事情。"

● 王勇回答:"人家能做的,我们也一定能做;人家没有做过的,既然我们碰上了,也一定做得好。什么都有个第一次。"

● 曾培炎发来贺信:"在杭州湾跨海大桥胜利合龙贯通之时,我代表党中央、国务院向全体建设者表示热烈的祝贺和亲切的问候!"

举行大桥全线贯通仪式

2007年5月20日，大桥工程钢箱梁涂装工程提前完工，为大桥6月底前实现全桥贯通奠定了基础。

5月21日9时58分，中铁大桥局自主研制的"小天鹅"号超生船，将一架重达2200吨的70米箱梁吊至预定架设海域，在通过精确定位后，"小天鹅"稳稳地将箱梁放在了桥墩上。

这也是杭州湾跨海大桥最后一架70米箱梁。到此为止，全桥540架70米箱梁全部架设完毕，这标志着大桥全桥上部预制混凝土结构施工全面完成。

5月26日，施工队完成北引桥最后两米合龙段混凝土浇筑，它标志着全桥混凝土箱梁全面完成，大桥北大门成功打通。

6月11日，随着南航道桥主跨梁被架梁机缓缓地提升到设计高度，大桥南航道桥全线贯通。

随着杭州湾跨海大桥工程接近尾声，大桥也引来了越来越多媒体的关注。

6月4日，英国《独立报》发表了题为《世界最长桥触发华东经济腾飞》的文章：

中国人以世界上最大的长城著称，如今他

们有世界上最大的桥。

于明年开通后，它将是世界上最长的跨海大桥，是作为欧洲骄傲的丹麦瑞典厄勒海峡大桥长度的7倍。如果可以把它移到多佛尔海峡，它将可以连通英格兰和法国。

想想19世纪的曼彻斯特或20世纪之交的纽约，再用点乘法，你就可以想象出这个逼近的、浩大的人类运动。

杭州湾跨海大桥是新中国的一个象征。

6月13日，全大桥的最后一架箱梁在大桥的北航道桥合龙。

因为大桥合龙仪式定在6月26日，所以大桥指挥部之前对13日的合龙并没有大加宣扬，而且把合龙定在27日零时。

王勇那天穿着一件浅蓝色的短袖衬衣，他一边与大家有说有笑，一边不停地给几位领导报告大桥今天即将合龙的消息。

王勇首先给市委书记巴音朝鲁发了短信，巴音朝鲁随即就回了短信：

这是一个令人振奋的时刻，谨向广大建设者表示慰问并致以崇高的敬意。

王勇第二个短信发给了市长毛光烈,毛光烈也很快就回了短信:

今天天气不够好,注意安全。祝顺利成功!

王勇第三个短信发给了交通部的张宝胜,他曾经来大桥挂职副总指挥。张宝胜也回复得很快:

衷心祝贺!预祝顺利!大桥第一根桩施工照片已成为经典,期待您的合龙照片也能让我们珍藏!万事如意!

当6月13日大桥合龙时,在大雨中的桥面上鞭炮齐鸣,礼花飘舞,欢声雷动!

方夏平风趣地说:"6月13日是领结婚证书,6月26日再办喜酒。"

在场所有人都对方夏平这个生动的比喻拍手叫好。

2007年6月26日,在离岸10公里的大桥上,浙江省政府在宁波慈溪举行了杭州湾跨海大桥的全线贯通仪式。

仪式还没开始,王勇就被一大群记者包围了。

有记者问:"曾经有人对我们能否造这座大桥表示怀疑,你是怎么想的?"

王勇回答:"怀疑是必然的,毕竟我们谁都没干过。但是,人家能做的,我们也一定能做;人家没有做过的,既然我们碰上了,也一定做得好。什么都有个第一次。从现在看,我们当时的思路是对的。"

又一个记者问:"造大桥,你最担心的是什么?"

王勇回答:"是安全,质量出了这样那样的问题还可以补救,但安全一旦出了问题则不能补救,是不可逆转的。施工高峰期,每天有6000名工人、200多条船在海上,我们必须保证他们的安全。"

有个记者提出一个有趣的问题:"有没有什么让你睡不着觉的事?"

王勇不假思索地答道:"台风来了我就睡不着。"

还有记者问道:"那么,现在大桥合龙了,你的心情如何?"

王勇大声说:"我一口气吐出来了。"

王勇看到记者听了他的回答后表情很困惑,于是他笑着补充说:"这口气我憋了6年多了。从我接受这个任务的那一天起就憋着一口气。"

15时40分,巴音朝鲁和嘉兴市委书记黄坤明笑容满面地走向前去,肩并肩共同启动最后一架钢箱梁的焊接按钮。

一时间,杭州湾跨海大桥桥面上火花闪烁,12名建筑工人用焊枪将最后一架钢箱梁的12个节点连接了起来。

很快,现场指挥部通过手机向主席台报告:焊接顺利完成!

一分钟后,中共浙江省委书记赵洪祝宣布:

当今世界最长的跨海大桥——杭州湾跨海大桥胜利合龙，全线贯通！

顿时，大桥两岸礼炮齐鸣，礼花腾空，欢声雷动。在欢呼声中，国家交通部部长李盛霖宣读了中共中央政治局委员、国务院副总理曾培炎发来的贺信：

在杭州湾跨海大桥胜利合龙贯通之时，我代表党中央、国务院向全体建设者表示热烈的祝贺和亲切的问候！

杭州湾跨海大桥是我国东部沿海高速公路的重要组成部分，建设规模大，科技含量高，施工条件复杂。在浙江省委、省政府和国务院有关部门的高度重视下，在沿线人民群众的大力支持下，全体建设者以强烈的责任感、使命感、荣誉感，依靠科技创新和管理创新，攻克了一系列重大技术难题，使我国特大型桥梁建造达到新水平。

希望建设单位坚持"百年大计、质量第一"，坚持建设一流大桥、创造一流管理，发扬成绩，再接再厉，按期、优质、安全地完成建设任务，圆满建成通车，促进我国交通现代化再上新台阶。

紧接着，是浙江省委副书记、省长吕祖善致辞，吕祖善代表浙江省委、省政府向关心、支持大桥建设的国家有关部委、各级领导、国内外专家和社会各界人士表示感谢，向日夜奋战在大桥建设一线的全体建设者表示敬意。

交通部副部长冯正霖受李盛霖部长委托，代表交通部对杭州湾跨海大桥的成功合龙表示热烈的祝贺。

18时，宁波市、嘉兴市两市政府举行大桥合龙招待酒会，设宴招待慰问大桥的投资者与建设者。

在晚上的庆功宴上，大家都兴高采烈地表演了拿手的节目。巴音朝鲁演唱了一首《天路》，王勇则唱了一首《咱们工人有力量》。

而中铁二局的林原，则即兴写了一首诗，题目叫《东方初晓》：

　　用鲜花去装点
　　用歌声去礼赞
　　用丰碑去铭记
　　今天
　　是我一生难以忘记的日子
　　我为时间老人
　　奉献一座世界上最长的跨海大桥
　　——杭州湾跨海大桥

杭州湾跨海大桥正式通车

2008年5月1日上午,中共中央政治局常委、国务院总理温家宝亲临杭州湾大桥,看望了几百名工程建设者,并亲切接见了"全国五一劳动奖状""全国五一劳动奖章"获得者代表。

温家宝说:

这座大桥的建设凝聚了几万名建设者的心血,创造了许多世界第一,无论在设计施工还是技术管理方面都有一流的经验,表明中国人民有志气、有能力做前人没有做过的事情。

更为重要的是它形成了一种精神,就是科学求实、敢为人先、勇于创新的精神,就是艰苦奋斗、不怕困难、勇攀高峰的精神。广大建设者要发扬优良传统,继续努力为人民服务。同时,要加强对大桥的科学观测、管理养护,确保安全。

时任中共中央政治局常委、中央书记处书记、国家副主席习近平和中共中央政治局委员、国务院副总理张德江分别为大桥通车发来贺信,对大桥的建成通车表示祝贺,向全体参建单位和建设者致以问候。

5月1日15时40分,随着180辆仪仗车南北双向对开,世界上最长的跨海大桥杭州湾跨海大桥正式通车。

浙江省委书记、省人大常委会主任赵洪祝宣布大桥全线通车。

浙江省委副书记、省长吕祖善在仪式上讲了话。

浙江省宁波市市长毛光烈主持了通车仪式。

杭州湾跨海大桥北起嘉兴海盐郑家埭,跨杭州湾海域后止于宁波慈溪水路湾,全长36公里,是世界上已建成和在建的最长跨海大桥,也是世界上建造难度最大的跨海大桥之一。

杭州湾跨海大桥工程于2003年11月开工建设,2007年6月贯通。

自2003年11月大桥开工以来,中铁四局杭州湾跨海大桥经理部克服了风、暴、潮、雾、浅层天然气以及气候恶劣、地质复杂等不利因素,他们坚持以"创造一流管理、建设一流大桥、培养一流人才"为目标,以科技创新为先导,以立功竞赛和"党旗飘扬杭州湾"党建主题活动为载体,科学组织,精心施工。

2006年7月20日,他们安全优质地完成了施工任务,比合同工期提前9个月。

经理部探索出的杭州湾施工管理模式在全局乃至总公司系统得到推广,项目文化、学习型项目组织创建以及"三工"建设均取得显著成效。

经理部先后荣获"全国五一劳动奖状""全国百家优秀班组""浙江省重点工程建设先进集体"等光荣称号。

铁四局工会主席周之平、副总经理李学民、原局领导高贵平和杭州湾经理部一分部项目经理王广杰等,共同见证了大桥通车这一历史时刻。

解放军驻浙部队和省直有关部门负责人,宁波市、嘉兴市及慈溪市、海盐县有关领导,也参加了隆重的大桥通车典礼仪式。

参加通车典礼的还有大桥股东、设计、科研、施工、监理等单位的代表,以及宁波、嘉兴两市的群众共600余人。

李学民作为"全国五一劳动奖状"获得者代表,受到温家宝的亲切接见,并作为大桥施工单位代表应邀为大桥开通剪彩。

杭州湾跨海大桥通车,使上海到宁波的陆上距离缩短了120公里,在沪杭甬之间形成了一个两小时的"金三角"交通圈,对整个长江三角洲地区的社会经济发展将产生深远的影响。

浙江省有关部门的负责人说:

> 大桥的建设有利于浙江主动接轨上海,扩大开放,推动长江三角洲地区合作与交流,提高浙江省特别是宁波市和嘉兴市对内对外开放水平,增强综合实力和国际竞争力。

有利于完善长江三角洲区域公路网布局及国道主干线，缓解沪杭甬高速公路流量的压力。

　　有利于改变宁波市交通末端的状况，从而变成交通枢纽，实施环杭州湾区域发展战略。

　　有利于促进江浙沪旅游发展的需要。将对整个长三角地区的经济社会发展产生深远而重大的影响。

媒体、市民关注杭州湾大桥

5月1日大桥通车后,中国宁波网联合人民网、新华网、新浪网、搜狐网、网易、腾讯网、千龙网、东方网、浙江在线等20余家全国知名网站和地方网站,进行了8小时直播。

一些去过杭州湾跨海大桥参观的市民来电询问,大桥上的里程桩号是从哪里开始算的,表面上看无论是从嘉兴还是从海盐算起好像都对不上。

市公路局有关部门负责人对此做了解释:

杭州湾跨海大桥属于沈阳至海口高速公路的一部分。这条国家高速公路全长3710公里,由不同省、市多段高速公路组成。

如果从起点一直编到终点,过大的里程桩号反而让司机无法判断在某省的行驶里程,也不利于当地公路部门进行管理。因此,按照交通部编制的《国家高速公路网规划》,各省均自行编制本省的里程桩号。

沈海高速由北向南,从江苏入浙,衔接杭州湾跨海大桥就是嘉兴境内的大桥北岸接线。

当时,该工程一期已经建成,正在筹备二期工程建设。北接线二期将延伸至江苏,与南通的苏通大桥相接,到2010年可以完工。而江、浙交界处,就是沈海高速浙江段的零公里处。从零公里到大桥北岸起点，就是49公里处，而加上大桥36公里，到宁波上岸，就是87公里了。今后，该里程桩号将一直自然延伸到温州出浙江境为止。

杭州湾跨海大桥建成后将缩短宁波至上海间的陆路距离120公里，是国道主干线同三线跨越杭州湾的便捷通道。

大桥按双向六车道高速公路设计，设计时速100公里每小时，设计使用年限100年，总投资约140亿元。

2008奥运火炬传递中穿越了杭州湾跨海大桥。

大桥设南、北两个航道，其中北航道桥为主跨448米的钻石型双塔双索面钢箱梁斜拉桥，通航标准为3.5万吨级轮船；南航道桥为主跨318米的A型单塔双索面钢箱梁斜拉桥，通航标准为3000吨级轮船。其余引桥采用30米至80米不等的预应力混凝土连续箱梁结构。非通航孔分北、中、南引桥三大块，其中海上部分桥梁长32公里。

杭州湾跨海大桥在设计中还首次引入了景观设计的概念。景观设计师们借助西湖苏堤的美学理念，兼顾杭州湾复杂的水文环境特点，结合行车时司机和乘客的心理因素，确定了大桥总体布置原则。

"长桥卧波"最终被确定为宁波杭州湾大桥的最终桥型。根据设计方案，大桥在海面上有4个转折点，从空中鸟瞰，平面上呈S形蜿蜒跨越杭州湾，线形优美，生动活泼。

从立面上看，大桥也并不是一条水平线，而是上下起伏，在南北航道的通航孔桥处各呈一个拱形，使大桥具有了起伏跌宕的立面形状。

此外，杭州湾跨海大桥所独有的海中平台堪称国内首创。南航道再往南1.7公里，就在离南岸大约14公里处，有一个面积达1万平方米的海中平台，足有两个足球场那么大。

该平台在施工期间将作为施工平台，是海中施工的据点。大桥建成后，这一海中平台则是一个海中交通服务的救援平台，同时也是一个绝佳的旅游观光台。

平台上有一座高高的观光塔，既可俯瞰波涛汹涌的大海，饱览海上风光，也可以一览大桥雄姿。整个海中平台以匝道桥连通大桥，距离大桥有150米左右。

另外，杭州湾跨海大桥还将是我国第一座"数字化大桥"。

整座大桥将设置中央监视系统，平均每公里就有一对监视器，整座大桥上的一举一动都将在中央监视系统的眼中。这样，不仅大桥可进行科学合理的维护管理，而且大桥"身体"的健康状况也在适时掌握之中。

由中国宁波网发起的"世界十大名桥评选"近日落下帷幕，杭州湾跨海大桥、赵州桥、卢沟桥、南京长江大桥、澳大利亚悉尼海港大桥、杭州钱塘江大桥、美国金门大桥、伦敦塔桥、香港青马大桥、广济桥等从全世界30座知名大桥中脱颖而出，入选"世界十大名桥评选"，其中杭州湾跨海大桥以高票当选。

杭州湾跨海大桥不同于普通大桥，特别之处是在设计时考虑到了两个安全因素：

一是高速公路车辆通行安全因素，通常直段不能太长；二是桥下船舶航行安全因素，减少建桥对水流的影响，保证桥梁各段的桥轴线与涨潮和落潮的主流垂直。

这些也是桥形呈"S"形的主要原因，同时也使得跨越杭州湾天堑的这条东方巨龙更加迷人。

网民"瞬间的艺术"说：

建杭州湾大桥无疑是一种创新的体现，但是大桥建成后我们应该继续发扬这种创新精神。大桥建成后带来的不仅是交通的方便，更多的是带动了各个方面的发展，如旅游业、餐饮业等。我们应该结合慈溪现有的资源，建一个现代化的多功能旅游景点，还可以规划一个商业区，吸引来自五湖四海的朋友。

网民"虚实短长"谈道：

杭州湾大桥作为一个特大型项目，拥有一支老中青组合的建设者队伍是十分必要的。只有一支创新、务实的团队，才能作出非凡业绩的可能。据我所知，该工程的一位副总指挥竟是个30多岁的年轻人。不拘一格的用人标准，在这个工程中体现得如此充分。

市民赵女士说：

天行健，君子当自强不息。中国人从来都不缺少自主创新的勇气。以创新的精神打造世界第一大桥昭示的是一种中国魂，它给正在推进创新型城市建设的我市注入了一剂兴奋剂。眼下"十一五"蓝图已经展开，这中间有许多困难需要克服。我们需要倡导这么一种全民创新兴市的精神，让工作激情涌流。

本书主要参考资料

《跨越》 夏真 王毅著 浙江文艺出版社

《杭州湾跨海大桥工程总结》 王勇主编 人民交通出版社

《跨越：杭州湾跨海大桥通车宣传实录》 中共宁波市委宣传部编 宁波出版社

《杭州湾跨海大桥关键技术研究与实践》 吕忠达等著 人民交通出版社

《见证大桥：世界第一跨海大桥杭州湾跨海大桥工程建设实录》 陆华桥主编 宁波出版社

《杭州湾跨海大桥北航道桥施工技术》 刘刚亮编著 广东科技出版社

《铭记波涛澎湃的岁月》 中国中铁二局集团有限公司党委宣传部编 内部发行